Vielen Dank an Frau Inge Dillenburger für das Gegenlesen und so manche Anregung

Ein ferner Traum
Berichte aus anderen Welten

Es war ein Traum in mir.
Eine klare und aufrichtige Bekenntnis wohnt heute in diesem schlichten Satz. Es wird somit zum leichten Spiel, ihn an den Anfang all meiner Gedanken zu stellen, die ich niederschreiben mag, über den langen Triathlon von Roth und meinen scheinbar überlangen Weg dorthin. Sobald dieser Satz aber Aufmerksamkeit erweckt, weil Menschen ihn lesen, die noch heute zu träumen verstehen, und jener Aufmerksamkeit Fragen entspringen, ist mein Gedächtnis gefordert. Es ist mir wichtig, solche Gedächtnisarbeit zu leisten, denn der Weg zwischen Wunschtraum und Wirklichkeit, zwischen Hemmnis und Motivation, ist ein wichtiges Puzzlestück im Leben eines Menschen. Unwürdig und traurig wäre es, ihn zu vergessen. Drum blicke ich zurück auf die Zeit, da der Traum allein ein Wunschtraum war, und dem, der ich heute bin, kommen Fragen in den Sinn.

Wovon handelte mein Traum?
Von einem Triathlon über die „Ironman"-Distanz. Die Bedeutung des Wortes „Ironman" (heute ist es lange schon ein Markenname) ist glatt und prosaisch. Wer es schafft, an einem Stück 3,8 Kilometer zu schwimmen, 180 Kilometer Rad zu fahren und 42,195 Kilometer zu laufen, erhält diesen Ehrennamen. So ruppig die Bezeichnung „eiserner Mann" auch sein mag, sie trifft Kern und Sinn jenes unglaublich langen Weges. Nur ein ganzer Kerl vermag ihn bis zum Ziel zu gehen (Bitte beachten: Es gibt sehr viele ganz bemerkenswerte weibliche „Ironman").

Wann und wo erfuhr ich vom ▼Ironman▼ ?
Lang ist es her. Die Antwort besteht aus den Bruchstücken in meinem Gedächtnis, die aus jener Zeit noch übrig sind. Keinen Brocken mehr mag ich hinzu recherchieren, weil ich ehrlich schildern möchte, was einem Traum seinen Atem erhält. Die Legende von Hawai gehört dazu, weil sie Ursprung aller Träume von Triathleten ist. Tausendfach wurde sie schon erzählt. Als Träumer aber darf ich sie verschwimmen zu lassen.
In den späten Siebzigern saßen Leute –der Legende nach US- Army Offiziere- in einer Kneipe auf Hawai und diskutierten drei große Sportereignisse ihrer Insel. Wer denn nun der beste Athlet sei, stritten sie, der Meeresschwimmer, der Radrennfahrer oder der Marathonläufer. Die Antwort entsprang vielleicht schon der Bierseligkeit: Der Beste müßte das alles können und zwar am Stück. Im Gegensatz zu vielen anderen Stammtischgedanken verschwamm dieser nicht im Licht des nächsten Morgens. Es gab Leute - "Verrückte", wie man damals wohl sagte - die probierten das tatsächlich aus. Und siehe, es ging! Die Faszination Triathlon war geboren, wurde zum herrlichen Abenteuer und bald auch zum ernsthaften Wettkampfsport (Seit 2000 ist Triathlon olympisch). Als „Ironman"

wird heute die Orginaldistanz von Hawai bezeichnet (3,8 km Schwimmen- 180 km Radfahren- 42,195 km Laufen). 1988 fand der Hawaitriathlon im „Ironman-Europe" ausgetragen in Roth südlich von Nürnberg sein erstes europäisches Gegenstück.

Mein Gedächtnis kann heute den ersten Triathlon- Medienbericht nicht mehr nennen, der mir vor Augen kam. Ich weiß nicht mehr welchen Tag, nicht einmal welches Jahr man schrieb, und wie die Helden der Reportage hießen. Ziemlich sicher hörte und sah ich schon sehr früh, was aus Hawai und später aus Roth übermittelt wurde. Fest steht, die Faszination hat mich niemals mehr losgelassen. Ich sah die perfekte Symbiose meiner Leidenschaften Sport und Abenteuer, und träumte den Traum vom „Ironman".

Warum machte ich mich nicht sofort auf, den Traum zu verwirklichen?

Warum? Ja! Warum? Hinterher noch etwas verstehen zu können, das gehört zum Schwersten im Leben. Begreifst du heute den, der du gestern warst? Diese Zeilen schreibe ich in einem psychischen Zustand, der den Blick auf zurückgelassene Schwierigkeiten trübt. Demütigende Erlebnisse während meiner ersten sportlichen Versuche sind tief in mein Gedächtnis gebrannt. Es wird von ihnen zu reden sein im Folgenden. An ihnen lag es, daß mir die Protagonisten des „Ironman" wie Übermenschen aus einer anderen Welt erschienen. Triathlon betrieb ich bestenfalls in Tagträumen. Diese beherrschte ich virituos als Kind. Unglücklich machten sie mich nicht, und noch heute bin ich froh, sie nicht allesamt verloren zu haben. Das Leben als Ganzes aber können sie nicht ersetzen. Das hatte ich damals noch schmerzlich zu lernen.

Hab ich dennoch probiert, meinen Traum zur Wirklichkeit zu machen?

Dem Himmel sei Dank, es ist so! Im Alter von 32 Jahren versuchte ich mich am „Ironman" in Roth. Wie das endete, werden wir später besprechen. Allein der Entschluß hinzugehen war eine kleine Erlösung. Ein Scheitern hätte ich mir früher oder später verzeihen können, ein Nichtversuchthaben niemals.

Auf die Jahre zwischen Idee und Umsetzung, zwischen Wunschtraum und Wahrheit, möchte ich länger und so deutlich zurückblicken, wie es mir heute noch möglich ist.

Es gibt so manches Vorurteil über Ausdauersportler. Ihr Tun hat oft ungeahnt tiefe Wurzeln, die man kennen sollte. Den Weg zum Weg sollte man wichtig nehmen daher. Wenn ich ihn im Folgenden nachvollziehe, mag ich meinen Blickwinkel verschieben und in der zweiten Person schildern. Für mich ist das die Möglichkeit neutralerer und ruhigerer Draufsicht, dir bietet sich die Chance, wenn du nur eine meiner Wurzeln auch auf dich beziehen kannst, nachher ein bißchen mein Partner zu sein beim Nachzeichnen meiner Kämpfe von Roth.

Ein stiller und verträumter Knabe
Auf den Wegen zum Weg

Stell dir vor, du bist ein Knabe, still, ein wenig zurückgezogen, verspielt und verträumt. Deine Phantasie läßt ausschweifende Träume fließen. Lebensbilder, auch jene, die später nach Wahrheit streben, entstehen zuerst in deiner Phantasie. Als kleiner Junge warst du vielleicht im Vergleich zu den Kameraden am allerweitesten davon entfernt, die Brücke zwischen Vorstellung und Wirklichkeit zu finden. Traum und Wahrheit klafften in gegenseitige Richtungen wie die Schneiden einer völlig gespreizten Schere. Du vermochtest sie nicht zu schließen. Die Richtung, nach der dir der Sinn stand, war die der Träume. Wahrheiten interessierten dich nicht groß, sobald du spürtest, wie bitter sie oft schmeckten.

Deine Träume handelten vornehmlich vom Sport und vom Abenteuer. Dem Vorbild der Anderen nach zog es dich zunächst zum Fußball. Die Erfahrungen im Verein waren großteils deprimierend, im ersten Jahr spieltest du kaum. Der Trainer hatte eine feste Stammelf zusammengestellt. Dieser „geniale" Amateurpsychologe ging mit euch Achtjährigen um wie mit Vollprofis („die Besten spielen!"). Und weil du ein zurückhaltender Bub warst, der still nach innen litt, gab es niemals Veranlassung, dich zur ersten Elf zu zählen. „Erfolg" hatte diese Elf übrigens kaum. Später kam eine Zeit, da auch du ein wenig kicken durftest. Du tatest es nie besonders „filigran", aber hin und wieder trafst du sogar ins Tor. Später bliebst du wieder außen vor, obgleich du dir im Training das Weiße aus den Augen ranntest, um endlich einmal wieder mit zum Spiel zu dürfen. Spät erst gestand der Trainer, deinen Spielerpaß verschlampt zu haben. Da wagtest selbst du Schüchterner zu sagen „mir stinkts". Du hast den Verein gewechselt. Im Club des Nachbarortes war das Klima besser, doch die Manschaft deines Jahrganges versiebte fast jedes Spiel, oft mit zehn und mehr Toren Unterschied. Das alles hat in deiner Seele den Boden bereitet für tiefsitzende Zweifel.

Nirgends jedoch ist ganz schwarzer Schatten. Einige gute Züge besaß dein Denken schon, die manchmal heiter färbten, was eigentlich bedrückend war. So war da die Fähigkeit, dein Tun zu lieben, ganz unabhängig von nackten Zahlen und bloßem Erfolg. Du warst verliebt in den Geruch von feuchtem Gras. Tapfer durch braunroten Hartplatzdreck zu grätschen war dir Genuß. Du liebtest den Regen wie die Sonne, die Hitze wie die Kälte. Den Wind und den Wechsel der Jahreszeiten wolltest du spüren, ganz unmittelbar auf deiner Haut. Da war auch die kindliche Treue, die dich zum dritten Mal bei Dauerregen ins Training gehen ließ, wenn du zweimal davor mit dem Trainer und höchstens zwei Kameraden dagestanden hattest, und das Training somit ausfiel. Diese Treue mußte einen tiefen, noch unbewußten Sinn haben und deinen Zielen dienen, die weit hinter deinem damaligen Horizont lagen. Da war auch die Fähigkeit, Augenblicke zu lieben, Augenblicke wie jenen, da du einen Ball in höchster Not von der Torlinie kratztest. Auch wenn fünf oder mehr Bälle im Laufe eines Spiels ins Tor hineinfuhren, - auf den einen, von dir geretteten, warst du stolz.

Das Leben ist oft depremierend. Doch finden sich immer Augenblicke darinnen – kurze oder lange - für die sich das Dasein lohnt. Glücklich, wer solche Momente in seiner Erinnerung aufzufädeln weiß, wie Perlen an einer Kette. Als erfolgloser Fußballer, der du zwischen dem achten und sechzehnten Lebensjahr warst, kamst du da manchmal schon näher heran, als du ahnen konntest. Natürlich hattest auch du Sehnsucht nach der großen Bühne, an deren Rande du im damaligen Stuttgarter Neckarstadion oft gestanden hast. Sie lag ewig weit in der anderen, der nicht erreichbaren Welt. In deiner Welt aber, der bewußt gelebten Traumwelt, stelltest du sie nach. Traumwerkzeuge waren jeweils 22 Spielzeugautos (als Spieler), eine kleine Holzmurmel (als Ball) und zwei mit Bucheinbindefolie überzogene Metalltore. Mit einigem Fingergeschick zaubertest du das Autofußballspiel in dein Zimmer. Ein Match dauerte zwei mal 20 Minuten, du warst Schiedsrichter, Trainer und Taktiker. Jeden Spieler hattest du in deiner Hand. Motoren aber hast du niemals in die kleinen Matchboxautos phantasiert. In früher Kindheit spieltest du sie schnaufend und sprechend. Die unerreichbare Heldenrolle projeziertest du in sie hinein. Alles sollten sie haben, was die Fußballhelden in Stadion und Fernsehen auch hatten, abgesehen von bösen Dingen wie Abstiegsangst und Existenzdruck. Du entwarfst ihnen Spielpläne und errechnetest Tabellen. Das Wichtigste dabei war: Du zauberst die Illusion der großen Bühne in dein Kinderzimmer, indem du wie ein Reporter kommentierst und mit der Stimme das Raunen des Stadionpublikums nachahmst. Das ganze Haus hörte manchmal mit. Nachbarn zerrissen sich die Mäuler, aber ihre häßlichen Wahrheiten glaubtest du nicht zu brauchen damals. Zu träumerisch schön war dein Spiel. Manchmal warst du nahe daran, es für Wirklichkeit zu halten.

Doch es gab schon Wahrheiten zu jener Zeit, denen du unmöglich ausweichen konntest. Auf eine Reckstange knallende Genitalien zum Beispiel sind bitterharte Wahrheit. Du haßtest es, wenn Turnen auf dem Stundenplan stand. Turnen (bei allem Respekt vor guten Turnern) ist keine besonders pädagogische Sportart. Im Gegensatz etwa zum Laufen oder Radfahren vermittelt es dem weniger begabten Anfänger keinerlei Erfolgserlebnisse. Entweder man kann sich über die Reckstange schwingen oder eben nicht. Du konntest es nicht! Wenn der Lehrer zwei Kameraden zur „Hilfestellung" neben das Foltergerät beorderte, zogen sie deine Beine nach oben und drückten sie nach hinten, bis du dich an empfindlichster Stelle klemmtest. Manchmal stand ein Lehrer daneben und kommentierte solche Unfähigkeit mit zynischen Witzen. Einer ließ die Schüler vor Beginn der Stunde antreten und strammstehen wie beim Militär. Er kniff in die Hintern um die „Spannung" zu kontrollieren. Manchmal im Sportunterricht hast du die ganze Welt verflucht. Deine Ressourcen sahst du selber kaum, dabei warst du ein ganz brauchbarer Fußballer, ein ordentlicher Läufer und gehörtest immerhin zu den besten Handballtorhütern und Tauchern der Klasse. Man schrieb dir eine Vier ins Zeugnis. Diese Note blieb unter so mancher schlechten Zensur die einzige, für die du aufrichtig Scham empfunden hast.

Wer sollte da glauben, mit welchem Herz, mit welcher Leidenschaft du an der Bewegung, am Ausschweifen, an der frischen Luft, am Abenteuer hingst. Die Fähigkeit, weitschweifende und abenteuerliche Träume zu träumen, lag dir im Blut. Seit dem du auf einem Fahrrad einigermaßen die Ballance halten konntest, wolltest du damit den Horizont erkunden, zunächst hinter der nächsten Häuserecke oder Gartenmauer, später auf einem Hügel oder am Rande des heimischen Waldes. Aus diesem Pflänzlein des Suchenwollens erwuchs ein wichtiger Teil deines Lebens. Genährt wurde es durch Lektüre. Seit du Buchstaben auseinander halten konntest, hast du Bücher gelesen, Bücher von berühmten Tauchern, von großen Bergsteigern – und Bücher von Karl May. Dieser Karl May, Volksschriftsteller, geboren 1842 und gestorben 1912, wurde dein bester Freund auf Erden. Niemals fandest du einen anderen, der solch bunte und am Ende stets vollkommen reine Traumwelten zeichnete. Mit einem Karl-May- Buch verstecktest du dich oft im Bezug deiner Bettdecke und warst weg, unendlich weit weg, ganz tief in deinen Träumen. Von der Tragik deines Träumerfreundes wußtest du noch nichts, weil ein eiserner politischer Vorhang zwischen seiner und deiner Heimat lag. Karl May hatte niemals die Schere zwischen Traum und Wirklichkeit schließen können.

Würde es dir gelingen? Der Weg zur Antwort war noch weit. In der Sporthalle beim Turnunterricht schien dir mancherzeit die Hilfe einer geheimnisvollen Märchenfee vonnöten, um dich auf den Weg deiner Wünsche zu bringen. An Feen glaubtest du Träumer nicht. Aber wäre doch eine mitleidige Königin der Träume eingeschwebt und hätte gesprochen:

„Du armer kleiner Held der Reckstange, sag mir deinen Traum! Du möchtest in eine andere Welt? Ich werde dich dort hinführen," wäre deine Antwort gewesen: „Oh liebe Fee, laß einen „Ironman" werden aus mir!" Du verfolgtest mit durchaus wachem Auge das Geschehen im großen Sport, also wußtest du, dies wäre eine erstrebenswertere Heldenrolle, als jene des Winnetou, der heißes Feuer aus Gewehren schießt.

Im Alter von 15 Jahren entdecktest du eine Sportart, die deiner Lust auf Abenteuerlichkeit, deinem Individualismus, der hohen Neigung zum Alleingang entsprach – den Radrennsport. Drauf gebracht hatte dich dein Freund, der zur Konfirmation ein echtes Rennrad geschenkt bekommen hatte. Von Stund an kämpftest du auf deinem Fünfgangrad tapfer hinter ihm her, ohne Aussicht, die ganze Abendrunde von 20 Kilometern in seinem Sog zu bleiben. Diese schwere Rolle gefiel dir, denn solche Underdogs ließ Karl May groß werden in seinen Büchern. Also glaubtest du, deinen Träumen schon nahe zu sein! Einen engeren Bezug zu deinen Träumen stellten erst deine Eltern her, als sie dir ein echtes Rennrad schenkten. Doch alsbald durchlebtest du damit herbe Wirklichkeit. Du verlorst deinen Freund, der es nicht vertragen konnte, daß du ihm mit gleichem Material plötzlich über warst. Dies Erlebnis machte dich scheu vor dem eigenen

Können, dem eigenen Potential. Im Radsportverein drehten sich die Gedanken vieler allein um Prämien, Mißgunst und Arroganz. Es tat deiner Träumerseele weh, das zu sehen. In den Rennen fuhrst du nach den ersten Kurven hinterher, einfach weil du - eingeschlossen im engen Peleton - Angst hattest vor dem kühnen Spiel der Fliehkräfte. Nicht nur der Gedanke an dein ungeschicktes Turnen fuhr dir da in die Magengrube. Im Innersten warst du nie bereit, das Heil deiner Knochen auf Gedeih und Verderb einem technischen Gerät anzuvertrauen. Technik hast du nie geliebt und immer gegrübelt, was wäre, wenn ein Reifen platzt oder der Sattel bricht. Das hemmte dich, obgleich du eine durchaus gute Beziehung zum „Gerät" Rennrad hattest. Mancherzeit hätte das Kind in dir sein Rad am liebsten auf eine Art geliebt, wie Winnetou seinen Mustang. Solch ein Träumer passte nicht in Rundstreckenrennen auf 1- Kilometer- Kursen, die keineswegs ausschweifendes Abenteuer waren, aber Geschick, Konzentration und Schnelligkeit erforderten. Immerhin brachtest du Rennen zu Ende, so oft es ging, auch wenn es weit hinter dem Feld war. Einmal bekamst du eine Sympathieprämie dafür, weil ein Zuschauer erkannte, dass dazu ein gewisser Charakter gehört. Die meisten aber lachten über deine ach so naive Beharrlichkeit. Wenn´s nichts „brachte", hatte man auszusteigen. Erfolg und Ertrag waren damals bereits das, was sie heute noch sind – Ersatzreligion. Radrennen fuhrst du nicht lange, doch hörtest du niemals damit auf, für dich allein ein Rennrad zu bewegen. Es ließ dich nicht los, einfach weil es den Horizont deiner Abenteuer um ein Vielfaches erweiterte. Wie du als Kind Häuserecken und später heimatliche Wälder erkundet hattest, suchtest du nun die ferne „Blaue Mauer", sprich die Gebirgskette der Schwäbischen Alb, die zu allen Zeiten Blickfang am Horizont deiner Heimat war. Du wolltest erfahren, hinter wieviel Horizonten der Schwarzwald liegt, und bald hattest du dich erfolgreich daran geprüft, ob du es an einem Tag von den Fildern an den Bodensee schaffen konntest. Bald kanntest du alle Berge und alle Täler in einem erstaunlichen Umkreis. Du liebtest sie bei Wind und Wetter zu jeder Zeit des Jahres.

Als ausdauernder Rennradfahrer erfülltest du einen Teil der Voraussetzungen zum Triathleten. Doch nach all den deprimierenden Erfahrungen im Rennsport dachtest du: „Ein Traum wäre es, aber eben nur ein Traum. Gute Feen, die mich so weit tragen, gibt es nicht. „Ironman"? Das bleibt ein Bild aus anderen Welten."

Siebzehn warst du, als sich die Berufsfrage stellte. Sie verschlug dich schließlich ins Altenheim, was zunächst ein Schock war, und doch zu einem langen, guten Weg wurde. Dieser Weg soll hier nicht erzählt sein, allein einer seiner Aspekte ist wichtig. Du konntest ihn bereits erraten mit der Intuition eines Siebzehnjährigen, jeder kann ihn finden, der sich „bequemt" (in heutiger Zeit muß dies ironische Wörtlein dafür stehen), mit dem Thema Alter und Vergänglichkeit umzugehen. Deine langjährige Erfahrung hebt diesen einen Punkt hervor: Wenn Verwirrte dich und sich suchend und hilflos machen, wenn Aggressive nach dir spucken und schlagen, wenn Depressive ihre Seele der Welt und sich selbst entziehen, ist der Grund im Kern immer der gleiche – die Trauer um ungelebte Träume, die Wut unterdrückter Gefühle, die Leere verpasster Möglichkeiten. Ein Leben enden zu sehen, das nicht erlebt ist, ist grausam. Ein gestaltetes, erfülltes Leben enden zu sehen, kann voll melancholischer Schönheit sein. Sicher hast du deine Seele beim Versuch belastet, als unerwachsener Bursche im Pflegeheim zu arbeiten, doch hast du ein neues Bewußtsein gewonnen. Träumen alleine reicht nicht zum Leben! Traum und Leben, Vorstellung und Wirklichkeit sind Pole, die du hin und wieder verbinden mußt. Sonst wird der Traum zum Albtraum und das Leben zur Qual. Reich an Bildern mußt du vergängliches Wesen sein, sonst kannst du deine Vergänglichkeit nicht ertragen. Diese Bilder sollst du nicht nur sehen, du sollst sie fassen mit all deinen Sinnen. Das Erleben im Altenheim wurde für dich zum Antrieb, um Traumbilder wahr zu machen. Du wolltest die Schere zwischen Traum und Wirklichkeit schließen. Deine tiefe (durch ein paar schlechte Erfahrungen verstärkte) Verzagtheit würde stets die Antipode sein zur Motivation, Träume zur Wirklichkeit zu machen.

Als du 19 Jahre alt warst, wurde dein Schwung durch ein gerüttelt Maß an Bequemlichkeit gedämpft. Damals hatte dich ein Zufall ohne dein Zutun ganz plötzlich an den Rand einer Traumbühne gestellt. Die Tour de France kam in deine Stadt. Du hattest mit glühenden Sinnen Bücher darüber verschlungen, weil die Abenteuerlichkeit des großen Rennens dich mitten ins Herz traf. Es war, als sei es nun doch die Märchenfee gewesen, die deinen Traum in wahren Bildern vor dein Auge zauberte. Schier unendlich war der hektische Reigen bunter Bilder, und die Geräuschkulisse übertraf bei weitem jene, die du aus Fußballstadien kanntest und einst in dein Kinderzimmer gezaubert hattest. Um die zwei Millionen Zuschauer sollen es gewesen sein, die jene Etappe von Karlsruhe nach Stuttgart zum unvergessenen Stimmungsbild machten. Dein Platz darin war fast unmittelbar an der Ziellinie. Auf allen Fotos von damals kannst du dich wiederfinden. In deiner Begeisterung, die noch immer kindlich war (in Teilen ist sie es bis heute), glaubtest du, allein dieser eine knallfarbene Tag habe dich für ein Leben reich und erfüllt gemacht. Ein Traum, auf bequemste Weise verschenkt, hatte deinen Antrieb träge gemacht.

Immerhin spürtest du sehr bald, daß ein Tag allein nun wirklich nicht ausreicht, ein ganzes Leben auszufüllen. Der noch recht frisch erworbene Führerschein war ein gemütliches Mittel der Entfaltung. Mehrmals reistest du im Dunstkreis deines Traumbildes „Tour de France" durch die Alpen, ein Mal bis in die Pyrenäen. Dein Wagen und dein Zelt standen so oft am Rande dieser großen Bühne. Die Helden der Landstraße, die du damals angefeuert hattest, verkörperten eigene Wünsche und Träume. Manchmal sahst du die Profis noch als Ideal, wie zuvor deine Karl- May- Figuren. Gab es einen Skandal um sie, wolltest du ihn nicht wahrhaben. Wäre der Tour früher schon widerfahren, was schließlich 1998 geschah, deine Welt wäre eingestürzt (der verlogene Teil der Tour de France zählt heute mit zum Entlarvensten unter all den vielen Lügengebäuden dieser Erde).

Dein Fahrrad hattest du damals immer auf dem Autodach oder im Kofferraum dabei, weil der Antrieb, selbst aktiv zu sein, keineswegs erloschen war. Deine sportliche Zielsetzung aber war zu lasch. Einmal nur wolltest du einen hohen, geschichtsträchtigen Bergpaß bezwingen, später mehrere. An zwei Pässen, die du zuvor in Österreich probiert hattest, brauchtest du tatsächlich Verschnaufpausen auf dem Weg zum Gipfel. Deinem Trainingsstand entsprach das schon damals nicht. Du begannst zu ahnen, wie sehr die Psyche den Körper steuert. Einen genial einfachen Weg, deine Psyche auszutricksen, fandest du in Alpe d´Huez, jenem spektakulären Ankunftsort der Tour de France-Alpenetappe. Bei der Anreise war dein Mut nochmals zusammengeknickt, denn man sieht die großen, häßlichen Hotelblocks auf der l´Alpe d´Huez vom Tal aus so klein wie Stecknadelköpfe. Oh Mensch, wie klein bist du! Es schien dir ganz unmöglich, bis da oben hin zu radeln. Du fuhrst mit dem Auto hinauf, ließt Wagen und Zelt oben stehen und fuhrst per Velo wieder zu Tal. Jetzt warst du gezwungen, den Berg zu erstrampeln. Zehntausende standen schon am Rand der Straße in Erwartung der Tour. Ein bißchen gehörte deren Bühne also auch dir. Hier verlacht zu werden wegen Fahrradschieben oder Verschnaufpausen, das hätte dich härter getroffen, als damals die sarkastischen Witze des Turnlehrers. Lieber hättest du dich halb tot gekämpft. Du mußtest dich aber nicht halb tot kämpfen, denn es ist kein großes Problem, die hochberühmte Alpe d´Huez-Bergstraße mit dem Fahrrad zu nehmen.

Du fandest einen gesunden Rhythmus der Pedale, um noch oft in die Berge zu fahren, bis dahin, wo im Sommer noch Schnee ist. Traumbilder fandest du, sahst du, fühltest du, sogar atmen konntest du sie. Ein Freiheitsgefühl, dem eine beachtliche Leistung zugrunde lag. Zwischen den Gletschern der Alpen schienen die Scherenblätter von Traum und Wirklichkeit sich nahe zu kommen. Doch so ganz haben dich deine Pässefahrten am Ende doch nicht zufriedengestellt. Droben auf dem Berg kommt nach einiger Zeit auch noch ein Dünnbeiniger mit Bierbauch an! Du hättest viel mehr noch können sollen, durch den Aufwand, mit dem du täglich Sport triebst.

Die Tour de France verlor langsam ihren Reiz auf dich. So reichhaltig ihre Bilder waren, sie wiederholten sich doch Jahr für Jahr. Zudem schien das Ganze zu „Automobil". Manchmal sahst du kaum die Rennfahrer zwischen all dem Blech, das deine so liebgewonnenen Berge verstellte und verstank. Auch dein eigenes Tun stand im Mißverhältnis – tausende Kilometer Autofahrt für ein paar Kilometer Radstrecke. Beim Bergradfahren warst du sensibler für die Probleme der Umwelt geworden. Da droben verspürst du wahrhaftig Demut vor der Schöpfung. Du ahnst, wie kleinmütig unser menschliches Streben nach Allmacht, nach Sieg über die Natur ist. Am Ende nämlich wird sie stärker sein und uns mit leichtem Hauch von ihren Rändern blasen. Wissen um die Vergänglichkeit, wie du sie im Altenheim erworben hast- heißt auch zu wissen, es ist Sünde, so zu leben, daß folgende Generationen uns verfluchen.

Aus Demut vor der Schöpfung hast du schließlich beschlossen, bei allem Tun in deiner Freizeit aufs Auto zu verzichten. Weil du aber sehr daran gewöhnt warst, wurde es ein schwerer Schritt. Du mußtest den größten aller Siege erringen hierbei – den über dich selbst. Das gelang, als du merktest, wie Verzicht und Genügsamkeit dich stärker machten. Du lerntest den Zauber des Nahen zu lesen (traurig ist der Verlust der Vielen, die das heute nicht mehr können). Endlich hast du den wahren Wert aller Wege erkannt. Vom fünfundzwanzigsten Lebensjahr an wolltest du nur noch Reisen unternehmen, die dein Leben wahrlich ausfüllen konnten. Es wird von ihnen die Rede sein. Eines hast du dabei mitgenommen aus deinen Tour de France Zeiten: Die Liebe zum Übernachten im Zelt.

Noch während dieser Zeit indessen packte dich auch der Gedanke an Triathlon wieder. Gestärkt vom Wissen, Bergpässe mit dem Velo befahren zu können, wagtest du dich an eine Kurzdistanz. Dies bedeutete konkret, du mußtest 1000 Meter Schwimmen im Hallenbad, 46 Kilometer Rad fahren mit zwei Anstiegen zur Schwäbischen Alb und 10 Kilometer Laufen. Die Vorbereitung darauf bedeutete Abschied zu nehmen von der Einseitigkeit, die mancher Radsportler damals noch predigte. Vielseitiges Training steigert dein Wohlgefühl, körperlich wie geistig, und ein wenig steigert es auch dein Selbstvertrauen. Du kannst dich daran erinnern, in der Schule neben allen turnerischen Katastrophen auch ein brauchbarer Läufer gewesen zu sein. Schwimmen aber bedeutete die größte Hürde. Über Jahre warst du nicht mehr im Bad gewesen. Jetzt kraultest du eine 25 Meterbahn und bist um ein Haar dabei erstickt. Am Tag darauf zermalmtest du vor lauter Wut fast deine Fahrradpedale, nur um festzustellen, daß es nicht an der Gesundheit gelegen hatte. Der Grund fürs Versagen im Schwimmen mußte beim Schwimmen selbst zu suchen sei. Wenigstens war dein Antrieb stark genug, um es ein paar Mal noch zu probieren. Siehe da! Du konntest die ohne Pause geschwommenen Strecken steigern, bis die Pausen schließlich ganz wegfielen. Du gewannst eine Sicherheit, die fast unheimlich war. Beim Kurztriathlon wurde Schwimmen deine stärkste Disziplin. Durch einfaches Wiederholen, durch autodidaktisches Üben hattest du sie erlernt. Endlich einmal hast du fest genug an solch einen Weg geglaubt. Sage nie zu früh „Ich kann nicht!", das lehrte dich dein Schwimmtraining. Deine so lange brach liegende Liebe zum Element Wasser war wieder entdeckt. Du spürtest es fast lieber auf der Haut als Luft.

Der ganze Wettkampf gelang dir! Er wurde zum beachtenswerten Weg, über den du in deiner jugendlichen Begeisterungsfähigkeit sogar zu dichten versuchtest. Dass es in Wirklichkeit nur ein kleiner Schritt war in Richtung deiner wahren Träume, ahnte nur dein Unterbewußtsein. Noch lange nicht konntest du den „Ironman" als Traum bekennen. Du warst zufrieden, einmal beim Kurztriathlon gewesen zu sein. Nur kurze Sprinttriathlons bautest du hin und wieder noch ein in dein sportliches Tun.

Du begannst zu Fuß zu gehen. Der Gedanke des Fußwanderns „passierte" dir einfach. Immer sind die besten Ideen die, von denen du nicht mehr weißt, woher du sie eigentlich hast. Es war in einem November, du hattest drei Tage frei und Lust, sie zu gestalten. Da nahmst du einen Rucksack, fuhrst mit dem Zug zum

Bodensee und wandertest drei Tage am Ufer entlang. Was zur netten, kleinen Abwechslung deines sportlichen Lebens werden sollte – das Wandern – wurde zu dessen Kern. Mehr noch- es wurde zum Gerüst deiner Identität. Die Schere zwischen Traum und Wirklichkeit war nahezu geschlossen, so nah warst du jetzt deinen suchenden Sinnen, deiner Entdeckerlust, deiner Abenteuerfreude, deinem Individualismus. Nicht ferne Länder, nicht kompliziertes Gerät waren nötig. Überreich an Bildern wie nichts zuvor wurden diese drei Wandertage. Am ersten Tag ruhte der See in nie gekanntem Frieden im milden Licht seiner Novembersonne. Am zweiten Tag herrschten Nebel und Regen, doch dem Wanderer wurde nicht kalt und nicht öd. Du wärmtest den Körper im sanften Rhythmus deiner Schritte und deine Seele am Bild aneinandergedrängter Wasservögel und dem neckischen Spiel der Regentropfen in den Bäumen. Am dritten Tag fegte ein gewaltiger Sturm über den Bodensee und machte seine Fläche zu einem graublauen, brüllenden, gischtspritzenden Maul. Das war ein Bild ganz nahe am Ursprung aller Bilder, da brodelte Gefahr und tanzte Liebe im sagenhaften Schrei der Gewalten. Und doch, auch deine stillen, kleinen Schritte hatten ihren festen Platz im wilden Spiel der Elemente. Du warst allem so nah, dem See, dem Wind, der Erde, dir selbst. Solches Wandern war der Stoff, aus dem die Träume sind.

Über die Jahre folgten tagelange Wanderwege im Erzgebirge, auf der Schwäbischen Alb, im Elbsandsteingebirge, im Schwarzwald, an der Ostsee, im Ries, durch Franken, übers Fichtelgebirge, durchs Vogtland, in der Oberlausitz und im Zittauer Gebirge. Diese Wege kann keiner dir mehr nehmen. Sie haben dich – mit Recht dieses Mal - zufrieden gemacht, aber nie den Hunger nach mehr und nach anderem gestillt. Zufriedenheit durch einfachste Tätigkeit zu erreichen, das ist fast ein Ideal. Allerdings - das ist ein wichtiger Punkt - heißt „einfach" nicht „leicht auszuführen". Das Wandern war eine verdammt harte Schule, dem konntest und wolltest du nicht davonlaufen. Ungezählte Mühen und Schmerzen hat dir das Gehen bereitet, Mühe und Schmerz für Psyche und Körper. Die Muskelbeanspruchung auf langen Wanderungen konnte schwieriger sein als auf harten Fahrradtouren. Zerschundene Füße konntest du nicht immer vemeiden. Wandern im hüfttiefen Schnee machte dich atemlos, obwohl du beim Bergradeln in 2700 Metern Meereshöhe am Kaunertalgletscher nicht mehr atemlos wurdest. Die Psyche schmerzte, wenn du das Alleingehen nicht mehr vertrugst oder beim Ausgesetztsein in Schnee und Regen auf der abendlichen Herbergssuche. Der Schmerz sprang dich an beim Durchqueren von Asphalt- und Betonwüsten, an Stadträndern, wo ein Wanderer scheinbar nicht hineinpaßt. Im Gegensatz zum Schmerz beim Schulturnen war jener beim Wandern keiner, der dich sinnlos quälte, sondern einer, der dich weiterbrachte. Du wolltest ihn nicht meiden, weil deine Identität beim Wandern eine starke wurde. Du nahmst ihn an als Preis einer Wahrheit, die auch auf dem Weg der Träume ihren Tribut fordert. Doch so manches Mal unterwegs gabst du auch klein bei, brachst die Wanderung ab, um mit dem Zug wieder heim zu fahren. Zuhause aber überfiel dich Ärger mit dir selbst über die verschwendeten Urlaubstage. Schließlich begriffst du, so sehr der Wanderer seine Freiheit, sein Ausschweifen liebt, auch er braucht ein Ziel. Mit einem Ziel am Horizont fährst du nie mehr zu früh nach Hause. Ganz, ganz weit vorn in Erreichbarkeit deiner Wanderwege stand das Ziel eines großen Triathlons. Dir erschien der „Ironman" noch ein spielend fliegender Gedanke, wie sie Wanderer hin und wieder haben. Dein psychisches Durchhaltevermögen geschult auf langen Wanderwegen, sollte auf ganz andere Weise noch Sinn haben. Auch deine Kondition schultest du mit weiten Wanderungen auf buntere Art, als es im wissenschaftlichen Labor möglich gewesen wäre.

Du führtest deine Wanderung auch nach der Heimat von Karl May, keine innerdeutsche Mauer konnte dich daran mehr hindern. Zudem machte die politische Zeitenwende auch Zugriffe auf zuvor verschlossene Archive möglich, in denen du fundierte Biographien des Volksschriftstellers fandest.

Karl May, Sohn Hunger leidender Leineweber aus Ernstthal im Vorerzgebirge, flüchtete sich, gequält von den schrecklichen Lebensumständen und dem übertriebenen Ehrgeiz seines Vaters, schon früh in die Märchenwelten seiner begabten Großmutter. Oft konnte er Erträumtes und Wahres kaum auseinander halten. Trotzdem hätten dem intelligenten Jungen die Türen zu einer Laufbahn als Arzt offen gestanden, hätte die Familie seine Ausbildung nur bezahlen können. Immerhin konnte er Lehrer werden, durch die Bereitschaft der Familie, dafür noch mehr zu darben. Diese Stellung verlor er schon mit nur zwanzig Lenzen durch eine gemeine Intrige auf Lebenszeit wieder. Als er darum verzweifelt vor dem Nichts stand, beging er Straftaten unter Mithilfe seiner Phantasie und seiner Fähigkeit, zu blenden und zu täuschen. Nun spielte er den Leuten einfach vor, das zu sein, was er nicht war. Er schlüpfte in die Haut von Ärzten oder Lehrern, ließ sich Kleider anpassen oder lieh Pelze und verschwand ohne Bezahlung auf Nimmerwiedersehen. Ein Andermal kam er als „geheimer Polizist" daher und konfiszierte „Falschgeld" aus der Kasse eines Kaufmannes. Diese Spielchen, die heute in der Psychatrie enden würden, brachten ihm damals zwei gnadenlos lange Haftstrafen.

Zurück in der Freiheit fand er endlich ein legitimes Ventil für seine Träume. Er wurde Redakteur, später freier Schriftsteller. Seinen Gedanken entsprangen so unvergessliche Figuren wie Winnetou und Hadschi Halef Omar. Die Spielorte seiner Romane legte er in exotische Fernen, weit weg von den tristen Wahrheiten daheim. In den Handlungen jedoch ließ er alles mit sich geschehen, was ihm zuvor wahrhaft widerfahren war- allerdings mit weit besser erträumtem Ende. Nach langen Jahren kam der große Erfolg seiner Schriften, und der einstmals unterdrückte Weberjunge sonnte sich darin. Er wurde zum modernen Münchhausen, sagte alles sei wahr, was er da an eigenem Heldenepos zu Papier gebracht hatte. Das Volk feierte ihn dafür, bis das Lügengebäude zerbrach. Da stürzten sich die zuvor so naiven Verehrer wie Hyänen auf ihn. Erst in späten Tagen fand er tatsächlich die Gelegenheit, seine Traumbühnen Orient und Prärie in Wirklichkeit zu betreten. Die öden und traurigen Bilder dort ließen seine Seele schwer erkranken. Der gebrochene, alte Mann wagte es, zuletzt vom

Frieden aller Völker zu träumen. Dafür gab man ihm mit unglaublich brutaler Prozeß- und Pressehetzte den Rest.

Dies ist in groben Zügen die tragische Geschichte deines Träumerfreundes, den du noch heute heimlich verehrst. Zugleich betrauerst du ihn, weil es ihm nie gelang, seine Schere zwischen Traum und Wahrheit auch nur annähernd zu schließen. So wolltest du nicht enden, und diese Gefahr war allein dadurch kleiner geworden, daß du seine Heimat durchwandern und dabei die Wahrheit hinter seinen Büchern ergründen konntest.

Das Fahrrad war noch immer ein wichtiges Werkzeug, deinen wahren Wünschen näherzukommen. Du konntest eine blöde Eitelkeit über Bord werfen, die manchen Rennradfahrer ziert. Du wurdest genau das, was sie despektierlich einen „Packesel" nennen. Solche „Packesel" waren viel mutiger und anständiger, als manche der sie verspottenden „tollen" Sportler. Diese heben ihr Rad aus dem Auto, drehen ein paar Runden und brausen wieder davon. Manche von ihnen fahren auch zum Bäcker noch im Auto.

Du wolltest nun eine komplette Reise, eine Wanderung mit dem Trekkingfahrrad unternehmen. Weil du Zeltnächte liebtest, wurdest du gleich ein extrem beladener „Packesel", oder eine Schnecke, die ihr eigenes Haus trägt. Beide Attribute taten dir nicht weh. Dein neues Reiserad aber war nicht nur mit Gepäck, Zelt und Schlafsack beladen, sondern auch mit neuen Zweifeln. Wie konntest du wissen, ob du es auf diese Art über die Alpen schaffen würdest. Einen Schritt mutiger aber warst du geworden über all die Jahre. Dein Versuch brachte dir die wohltuende Erkenntnis, nicht alleine mit dem filigranen Rennrad, sondern auch mit dem schwerbeladenen Trekkingrad an einem Zug zu den Schneefeldern des Hochgebirges fahren zu können. Der Scheitel des Splügenpass eröffnete dir neue Horizonte. Was dir als Kind die nächste Mauerecke, als Rennradler Alb, Bodensee und Schwarzwald waren, das war dir Gepäckradler nun der Comer See an der Südseite der Alpen. Seine herrlich italienisch- alpine Kulisse verschwamm vor deinem Auge ins Träumerische wie noch kaum ein Anblick zuvor. Du selbst hattest dir den Reiz einer fernen Fremde erkämpft. Der tiefste Sinn des Geräts Fahrrad erschloss sich dir deutlicher als zuvor: Die größtmögliche Entfaltung ohne Motor. Das Fahrrad jedoch ist und bleibt ein technisches Gerät, das kaputt gehen kann. In deiner Angst vor Defekten fühltest du dich allein und ausgesetzt. Sie hemmte dich so manches Mal vor größerer Ausdehnung deiner Reisen. Und doch zogst du das Netz deiner Fahrradtouren noch zu vielen Horizonten in den Alpen der Schweiz, Österreichs und Deutschlands und in den Tälern von Main, Tauber, Nahe und Mosel.

Deine gelungensten Fahrradreisen waren jene, die am schärfsten auf ein Ziel ausgerichtet waren. Da mußtest du deine Angst vor Defekten überwinden. Ein Ziel kann eine schwere Last für einen Träumer sein, da es keinen gedanklichen Spielraum läßt zwischen Ja und Nein, zwischen Glück und Pech, zwischen Gelingen und Scheitern. Doch bist du immer dann am Stärksten gewesen, wenn du an einem klaren Ziel festgehalten hast. An zwei solcher Zielreisen erinnerst du dich am liebsten. Zum einen die Fahrradtour von der Mündung bis zur Quelle des Rheins, zum anderen jene vom wilden Strand von Göhren/Rügen nach Hallstatt in Oberösterreich. Letztere inspirierte dich Träumer im Nachhinein zu einem kleinen Märchen über den Weg zwischen zwei unvergleichlichen Orten. Wichtiger aber war: Sollte dein Traum vom „Ironman" einmal vollends hinter dem Horizont hervortreten, wäre es gut, gelernt zu haben, ein Ziel so fest und realistisch anzustreben.

Wer kreativ sein will, muß im Herzen immer ein wenig Kind bleiben. In kindlicher Freude maltest du all deine Wanderwege in eine Landkarte, die Fahrradtouren mit Gepäck- oder Rennrad in roter Farbe, die Fußmärsche mit Grün. Dabei „passierte" dir eines Tages eine deiner besten Ideen. Du wolltest die bunten Striche, die wild verteilt durch Deutschland und angrenzendes Ausland verliefen, mit weiteren Wanderungen zu einem „Netz von Wegen" vereinen. Keine Wanderung sollte am Ende mehr ohne räumliche Verbindung zur anderen sein. Dies wurde ein Ziel, daß nicht mehr in Tagen oder Wochen erreichbar war. Über Monate und Jahre hattest du zu marschieren und zu radeln, um es schließlich zu erreichen.

Eines ist festzuhalten, was du als Befreiung erfuhrst im Unterwegssein mit Rad und Wanderschuh: Ausdauer war für die „Normalbegabten", zu denen du zweifelsohne zählst, viel leichter und erfolgreicher zu schulen als Kraft und Schnelligkeit.

So viel hatten dir die Jahre des Unterwegsseins gebracht: Erfüllung deiner Liebe zur Landschaft bei Wind und Wetter im Wechsel der Jahreszeiten, Befreiung von so manch elendem Kleinmut und das Verschieben der Grenzen von Körper und Geist. Du hattest - mag es noch so klischeehaft klingen – wahre Freiheit und wahres Abenteuer gelebt. Nur eines aber hattest du nicht – die als Kind erträumte große Bühne. Kein applaudierendes Publikum säumte deinen Weg. Wenn du Pech hattest, trafst du Polizisten, die deinen Ausweiss kontrollierten und sehr verwundert feststellen mussten, daß es noch unbescholtene Fußgänger gibt, die einen Rucksack tragen. Lange Wege mußtest du gehen, um dies mit innerer Ruhe hinzunehmen. Als Fußwanderer hattest du dein Tun vor dem Aussterben zu bewahren (erst in neuester Zeit wird Wandern wieder populär in Zeitschriften und auf Messen.) Die Krönung deiner stillen demütigen Wege wäre es vielleicht gewesen, unterwegs einen tiefen inneren Frieden zu finden, damit du keine Bühne, keinen Beifall jemals mehr brauchen würdest. Du fandest ihn nicht – immer war dein Tun auch eine Suche nach der Bühne. Vielleicht hat deine Eitelkeit als Gegenpol zur bitteren Vier im Sport dich da hin geführt. Nicht nur Hochtalentierte, sondern auch Kleinkünstler verdienen für ihre Liebe zum Sport und ihre Beharrlichkeit solche Bühnen. Beifall empfinden sie als eine Art der Zuwendung. Du fandest ihn, weil du neben allem anderen auch Volksläufer wurdest.

Laufen war, als du mit dem Radsport begannst, eine eher lästige Pflichtübung für Leute, die im Winter fit bleiben wollten und nicht dauernd nach Mallorca flogen. Fast in den Kinderschuhen steckte damals die Sportart Triathlon, die aufräumen sollte mit der Mär, Radfahren und Laufen passten nicht zusammen. Jahre später, als du ernsthaft mit einem Kurztriathlon liebäugeltest, fandest du endlich heraus, wieviel Freude im Laufen liegt. Ein Training, das mehr als eindimensional war, schadete deinen Radfahrkünsten keineswegs. In der Ortsrundschau lasest du vom Neujahrslauf im Stadtwald. Du dachtest, der könne eine nette Abwechslung werden. Ein Lauf über zehn Kilometer war für dich damals ein Schritt ins Unbekannte. Du konntest ihn tun und kamst im Laufschritt ins Ziel. Allerdings waren dir die letzten zwei Kilometer als endlose Folge von Kuppen erschienen, mit der du ziemlich alleine warst. Vor dir war alles außer Sicht und von hinten kam keiner mehr. Du hast geglaubt, an letzter Stelle zu liegen und einen schulturnähnlichen Albtraum zu erleben. Erst auf der Ergebnisliste konntest du lesen, dass in Wirklichkeit noch beinahe ein Drittel des Feldes hinter dir im Wald gesteckt hatte. Da hast du ein wenig Blut geleckt und so manchen Volkslauf in den folgenden Jahren bestritten.

Langsam hast du dein zweidimensionales Training zu Gunsten des Laufens umgewichtet. Was als Abwechslung geplant war, wurde wieder einmal zum wesentlichen Teil deines sportlichen Tuns. Du fandest einen Lauf- und Wanderfreund, der ein guter und erwachsener Kumpel war und nicht abspenstig wurde, wenn du ihm einmal davon liefst. Ihr habt euch gegenseitig zu mancher persönlichen Bestzeit geschaukelt. Du erkanntest beim Laufen viel bessere Möglichkeiten, deine Leistung zu steigern als beim Radfahren. Schließlich warst du nahe an einer sehr konkreten Marke. 40 hieß die Zahl, die du unbedingt unterbieten wolltest, sprich: du hattest das feste Ziel die zehn Kilometer unter 40 Minuten zu schaffen. Tapfer kämpftest du gegen dein Pech, das da hieß: 40.09, 40.10, 40.38, 40.51, 40.01 in deinen fünf besten Rennen. Nach den erlösenden 39.52 in Albstadt -Tailfingen (offiziell vermessene Strecke) im Mai 1998 hörtest du gleich wieder auf, nach nackten Zahlen zu hetzen. Wer einmal unter 40 Minuten gelaufen ist, kann in der Laufszene ein wenig mitreden. Nun konnten sie deine These so leicht nicht mehr zur Ausrede stempeln: Training mit dem Ziel extreme Ausdauer bringt weit mehr Freude als Training auf Schnelligkeit. Es kompensiert den Alltagsstreß, anstatt ihn zu verstärken. Der Normalbegabte hat mehr Erfolg, und im Alter wird Ausdauer viel haltbarer sein als Schnelligkeit.

Für den Ausdauerläufer heißt das Zauberwort selbstverständlich „Marathon". Du gingst diese Herausforderung diesmal an, ohne zu zögern und zu zaudern. Aber du hattest einen Heidenrespekt. Tatsächlich kamst du diesmal „nur" mit Gehschritten ins Ziel. Die 42,195 Kilometer hatten dich dermaßen ausgelaugt, dass du im Ziel ein schwach gehauchtes „nie wieder" logst. Glücklicher Weise war diese Ansicht schon auf der Heimfahrt im Zug eine andere. Schließlich hattest du doch vormals schon oft lernen dürfen, wieviel Schweres auch in guten Anfängen wohnt. Viel von deinem Elend unterwegs hatte einfach am euphorischen Starttempo des Unerfahrenen gelegen. Es kam doch darauf an, sich durchzubeißen durchs Abenteuer. Das war gelungen, und immerhin warst du klar unter 4 Stunden geblieben. Hätte dir aber damals im Zug einer erzählt, du würdest dereinst solch einen langen Lauf angehen, nachdem du 3,8 Kilometer geschwommen und 180 Kilometer geradelt bist, du hättest dir den muskelschmerzenden Bauch gehalten vor Lachen.

Im nächsten Frühjahr fuhrst du zum großen Stadtmarathon in Hamburg. Da war sie, deine große Bühne voller Pracht. Die Straßenränder waren gesäumt von Hunderttausenden Hamburgern, die temperamentvoller schrien als hunderttausend Italiener das tun könnten. Sie machten den Lauf zum unvergessenen Tanz vor der Prachtkulisse ihrer Hansestadt. Allein der Augenblick, als du hinunterstrebtest vom Fischmarkt ins schwarze Menschenmeer am Hafen war ganz unvergesslich. Sie sind lauter dort, als du jemals einen Aufschrei in der geschlossenen Akkustik eines Fußballstadions gehört hattest. Jetzt, da du endlich auf der „richtigen" Seite der Bühne warst, erkanntest du erst den Wert eines Dampfkesselpublikums, wie du ihm einst an den Straßenrändern der Tour de France angehört hattest. Es kann den agierenden Sportler weinen machen. Glücklich und stolz warst du auf jenen Tag. Immer aber würdest du bescheiden genug bleiben, den Beifall gerne mit 10 000 anderen Marathonläufern zu teilen. Beinahe nebenbei hattest du nach jenem Marathon festgestellt, daß du der dreieinhalb Stundenmarke nahe gekommen warst. Im Jahr darauf kamst du wieder und bliebst darunter. Du stelltest fest, dass auch ein Marathon nicht immer Abenteuer bleiben muß, sondern zum Spiel mit der Uhr werden kann.

Der Gedanke an den großen Triathlon, dessen letzte Disziplin du doch jetzt kennen und beherrschen gelernt hattest, gehörte noch immer nur zu der Kategorie deiner Träume. Zuerst wuchs der Wunsch nach noch längeren spektakuläreren Läufen. Du standest als Zuschauer am Wegrand des Schwäbische-Alb-Marathons. Du sahst Läufer als kleine ameisenfleißige Punkte in der grandiosen Landschaft der Dreikaiserberge nahe Schwäbisch Gmünd. Auf unwahrscheinlich abenteuerliche Art verloren sie sich zwischen den Gipfeln von Hohenstaufen, Rechberg und Stuifen, und auf schier wundersame Weise tauchten sie unten in Schwäbisch Gmünd wieder auf. Dort hatten sie 44 Kilometer und 960 Höhenmeter absolviert. Die Faszination dieser Traumkulisse ließ dich niemals mehr los. Sofort begannst du für den nächstjährigen Albmarathon zu trainieren.

Du liefst nun gerne über Berg und Tal, durch geliebte Landschaften wie Alb, Schwarzwald und Hegau. Dabei kamst du deinen Träumen nah, sehr nah. Kaum eine Lücke blieb noch zwischen den Scherenblättern von Traum und Wirklichkeit. Mit flottem und doch lockerem Schritt über Berg und Tal zu laufen, ließ dich eine Art von Freiheit spüren, wie ein Reh sie findet, das keinen Wolf und keinen Jäger kennt. Naturnah und glücklich über zeitlos verschwimmende Stunden in dein schlichtes Tun versunken zu sein – jede Anstrengung war dir das Wert. Über Jahre hinweg hieß der Höhepunkt deiner Saison Schwäbische-Alb-Marathon. Im zweiten Jahr – da ging er schon über 50 Kilometer und 1100 Höhenmeter – hattest du ein verblüffendes Schlüsselerlebnis. In Zielnähe wurden dir plötzlich wieder die zuvor so schweren Beine leicht. Was du früher für eine Grenze gehalten hattest, war in Wahrheit nur eine vorübergehende Krise. Den wahren Endpunkt deiner Möglichkeiten hattest du auch beim langen Lauf übers Gebirge nicht gefunden. Du wußtest plötzlich: Die Horizonte, welche du gefunden hattest auf all deinen Wegen, waren noch nicht weit genug. Wahrlich viele in weiten Ländern hattest du erradelt, erwandert, erlaufen. Aber wo war dein eigener? Kein Leben ist ganz gesättigt, wenn es niemals den eigenen Horizont fühlt. Den deinen gedachtest du vielleicht in der westlichen Schweiz zu finden. Du hattest schon viel über die legendären hundert Kilometer von Biel gehört und fühltest dich reif für diesen Lauf. Er sollte die erste Sufe deiner Träume werden.

Was du tatsächlich erlebtest und fühltest während der legendären „Nacht der Nächte" bei den hundert Kilometern von Biel hat dein Herz erfüllt, dass du darüber ein ganzes Büchlein geschrieben hast. Es war gelebter Traum, die Blätter der Schere griffen fest ineinander. Ganz nüchtern, in puren Zahlen, blieb dabei festzuhalten, wo du deine Grenzen fandest. Bei Kilometer 83 hattest du einen fürchterlichen Abhang hinunter gemußt, den du schmerzhaft in den Beinen spürtest. Mit viel Weh, viel Angst und kaum mit Hoffnung hattest du dich weitergeschleppt. Deine sportliche Grenze, hast du bei Kilometer 91 erreicht. Du warst des Laufens nicht mehr mächtig. Doch wo der Läufer seine Grenze gefunden hatte, war der Wanderer in dir erwacht. Was einen „puren" Jogger demütigen mag – das Gehenmüssen – erledigt der Wanderer mit Stolz und Zuversicht. Der Fußwanderer in dir hatte, allen Schmerzen zum Trotz, die Zielankunft der hundert Kilometer von Biel geschafft. Das Rendezvous mit den körperlichen Grenzen hatte dich keineswegs für lange Zeit fertig gemacht. Im Gegenteil - nach zweieinhalb Tagen Erholung auf einem Zeltplatz in Erlach am Bieler See fuhrst du mit dem Gepäckrad nach Hause. Erst dort glaubtest du, dich im Bett liegend erholen zu müssen. „Nichtstun" aber war noch nie deine Stärke. In der Zeitung war zu lesen, dass am letzten Urlaubstag der „Ironman"- Roth stattfinden würde. „Den," sagtest du dir, „will ich mir vom Rande der Bühne einmal ansehen." Im Hinterkopf war dir dabei klar, in Wahrheit etwas ganz anderes zu wollen. Du warst schon nah daran, dich ehrlich zu deinem inneren Wunsch zu bekennen. Nach dem Erfolg von Biel schien dir so vieles greifbar, was dereinst hinter verschlossenen Horizonten zu liegen schien.

Am Vorabend des „Ironman" stand dein Zelt zwischen den Zelten von Aktiven. Du sahst ihre Nervosität, sahst ihre Vorfreude und glaubtest, beinahe schon in ihre Haut schlüpfen zu können. Du hast sie an ihrem großen Tag angefeuert vom Rande der Bühne. Was konntest du anderes tun, mit dem Rest von Milchsäure aus den hundert Kilometern von Biel im Blut. Am frühen Morgen sahst du sie in die Fluten des Europakanals steigen, standest unter den unendlichen „la ola-Wellen" an der Biermeile Eckersmühlen, wo über lange Stunden ein bunt verstreutes Radfeld vorbeizog, und sahst die Athleten unvorstellbares leisten beim Marathon am Kanal. Ganz am Ende der Strecke am letzten Hügel in die Rother Außenbezirke und in der langen Einfallsstraße zum Ziel schautest du in die müden aber hoffnungsvollen Augen. Du hattest vom Rande der Bühne die

Superstars beobachtet, die Zäcks, Hellriegels und Niedrigs, die -bei allem Respekt vor ihrem Trainingsaufwand und ihrer Willenskraft- mit gesegnetem Talent versehen sein mußten, damit sie den „Ironman" in 8 Stunden hinter sich bringen konnten. Viele andere aber zogen ihre Bahn in Roth, die kochten, das sahst du schon an Laufstil und Figur, keineswegs mit anderem sportlichen Wasser als du. Sie hatten dir einzig ihre Zuversicht voraus, sich diesem Traum zu stellen. Eigentümlich gerührt fühltest du dich, als du sie sahst. Fast wolltest du ihnen um den Hals fallen, weil sie dir bewiesen, was dem Mutigen alles möglich ist. Das war der Moment, von dem an auch du klar und deutlich den Traum vom „Ironman" träumtest. Ganz fest bekanntest du dir: Ich will als Aktiver auf diese Bühne kommen, will die zweite Krone meiner Wege erreichen.

Zwei Jahre gabst du dir noch Zeit, die man nur sehr bedingt als weiteres Zögern interpretieren kann. Auch andere Wege waren stark gewesen, hatten klare Ziele aufgebaut, die im Jahr zwischen Biel und Roth zu erreichen waren. Da war die Idee, deine bisher von der französischen Grenze bei Breisach nach Bayreuth reichende Linie von Fußmärschen fortzuführen bis nach Zittau an der Grenze zu Polen. Zum anderen strebtest du nach einem festen, von Laufveranstaltern für viele ausgeschriebenen Ziel – dem Europacup im Supermarathon. Dazu mußtest du innerhalb eines Jahres die hundert Kilometer von Biel, den Schwäbische-Alb- Marathon und den 74 Kilometer Rennsteiglauf absolviert haben. Diese Ziele vertrugen sich noch nicht so recht mit einem großen Triathlon im gleichen Halbjahr.

Dein sportliches Tun war gut wie immer, wenn es fest umrissenen Zielen zulief. Im Februar stiegst du als Rucksackwanderer von Bayreuth durchs Fichtelgebirge und durchs Vogtland ins Vorerzgebirge. Im April erreichtest du durchs Erzgebirge, durchs Elbsandsteingebirge und die Oberlausitz die Grenzstadt Zittau. Im Mai konntest du dem Wetter trotzen, das droben in Thüringen Kapriolen schlug – Dauerregen, Schnee auf den Bergen und Hagel am Nachmittag. Wie viele Hundert andere Rennsteigläufer stapftest du trotzig in tiefem Matsch durch die grandiose Waldwildnis der grünen Lunge Deutschlands. Nun hattest du Deutschland zu Fuß von West nach Ost durchquert und warst Finisher des Europacups im Supermarathon. Dein Sportlerkopf war frei für Roth. Jede Unternehmung zwischen Mai 2000 und Juli 2001 sollte nun als Vorbereitung für dein Traumziel dienen. All deine Wege führten nun nach Roth.

Du warst entschlossen und zielstrebig, es gab nichts, was dich noch würde aus der Bahn werfen können vor dem großen Tag. Das Leben aber verläuft niemals so ganz glatt. An dieser Stelle muß nun endlich aufgeführt sein, dass all das bißlang Erzählte nicht die Spielerei eines Müßiggängers ist, sondern Inhalt sinnvoll genutzter Urlaubs- und Freitage. Ein Jahrzehnt hattest du inzwischen im Altenheim Dienst am Menschen getan, was auch dein sportliches Tun in den Zwischenräumen aufwertet. Der Sport kompensierte viel. Wenn du einmal am Tag durch den Wald springen durftest, konntest du dir die Konfrontation mit

Krankheit, Elend und Tod zurechtlegen. Jahrelang bliebst du am selben Ort. Bleiben am Arbeitsplatz, Gehen beim Wandern – du lebtest nicht schlecht in diesem Gleichgewicht. Je mehr aber die „Segnungen" der Pflegeversicherung in das Leben von Pflegern griffen, um so mehr begann dein Gleichgewicht zu wanken. Wo früher trotz immer schon vorhandenem Personalmangel noch hin und wieder ein zartes Pflänzchen Menschlichkeit gedieh, feiert die Unmenschlichkeit heute bittere Feste. Unter solcher Athmosphäre hat ein Altenpfleger in steter Überforderung Arbeiten zu tun, die es nach gültiger Berechnung besonders schlauer Sesselfurzer gar nicht gibt. Dabei dauert es oft zehn bis 13 Tage, bis du wieder einen Tag frei hast. Eine sensible Träumerseele reagiert vehement und böse auf so etwas. Beim Sport fühltest du zuerst das wachsende Missverhältnis zwischen Körper und Geist. Nie konnte bei dir eine Krankheit festgestellt werden, trotzdem warst du lustlos und müd. Du fürchtetest, nie mehr der Alte zu werden. Die herrlichen Stunden in Tälern und Wäldern, auf Bergpässen und zwischen den tobenden Straßenrändern Hamburgs drohten zu früh Vergangenheit zu werden. Mit zeitlichem Abstand zum Stress konntest du noch immer dein Gepäckrad über wilde Gebirgspässe treiben oder den anspruchsvollen Rennsteiglauf absolvieren. Warst du dem Stress zu nah, gelang dir kaum mehr ein Lauf über die Halbmarathondistanz. Kotzübel wurde dir davon. Gerade jetzt aber, im tiefen persönlichen Tal, ging in dir, dem Selbstzweifler, der Glaube nicht ganz verloren, nächstes Jahr wieder auf einem persönlichen Gipfel stehen zu dürfen. Deine Wege hatten dich das Durchhalten und die Hoffnung gelehrt.

Vieles von dem, was unser Dasein bedrückt, ist Schicksal, aber irgendetwas kannst du immer ändern, und sei es nur ein kleines Detail. In diesem Sinne hast auch du deine Seele in der Vorwoche des Schwäbische- Alb- Marathon erleichtert. Dein Körper dankte es dir sogleich. Die 50 Gebirgskilometer liefst du fünf Minuten schneller als jemals zuvor. Du warst noch der Alte. Im Zug nach Hause summtest du frei nach der italienischen Sängerin Milva: „Hurra, ich lebe noch." Von nun an liefen deine Wege, dein Mühen, dein Sinnen rein und klar dem „Ironman" in Roth entgegen. Zum Jahreswechsel lag die Anmeldebestätigung auf deinem Tisch. Feuer der Begeisterung brannte unter deiner Haut. Es gab keinen Tag, da du nicht ein Mal zumindest im Gedanken schon in Roth warst. Als du an einem finsteren Winterabend auf der „Rolle" ein ödes, schweißtreibendes aber sehr zielgerichtes Radtraining absolviertest, sang Jule Neigel mit einem Satz in deinen Kopfhörer, was der Sportler in dir seit Wochen, seit Jahren, ja eigentlich immer schon fühlte: „Glaub an deine Träume – du weißt, daß du es schaffst." Man konnte es also auch ganz einfach sagen. Aber einfache Wege hatten dich nie zufrieden gestellt, einfaches Tun durchaus. Ein klar umrissenes Ziel muß die Kreativität nicht hemmen. Es war nicht so, daß du von nun an nur noch nackte Kilometer zähltest. Du fandest herrliche, ungekannte Landschaften und große Bühnen auf deinen Trainingsstrecken. Das Netz deiner Wege konntest du erweitern im Thüringer Wald, in den Tälern von Ilz und Main, im Nordschwarzwald, im Kraichgau, am Neckar und in

Hohenlohe. Unvergesslich waren deine Kurzurlaube, die du -auf Mallorca pfeifend - „Trainingslager" nanntest. Da waren die acht Tage, die du im ständigen Wechsel zwischen Radfahren und Laufen in Bresewitz an der Zugbrücke zu den unvergleichlichen Ostseehalbinseln Zingst und Darß verbrachtest. Die wilde Landschaft dort, die noch ihrem Ursprung nahe ist, hatte dich begeistert wie nichts zuvor. Du hast sie mit dankbaren Augen aufgenommen, du hast sie gespürt und geliebt. Im kühlen Januarwind hast du deine Gesundheit gestärkt in salziger Meeresluft. 18 Kilometer reiner, einsamer Sandstrand gehörten dir Läufer fast allein. Ins vollkommen Träumerische aber rutschtest du nicht ab dort oben. Verdammt konzentriert hast du deinen Sport getrieben - fünf bis sieben Stunden am Tag. Auf deiner heiß geliebten Großbühne „Hamburg Marathon" konntest du Monate danach eine deutlich lesbare Marke setzen, die Mut machte – 3.24.21 Stunden bedeuteten persönliche Bestzeit. Der Wahrheit der Uhren in der Hansestadt mußtest du nicht ausweichen.

Tags darauf schlepptest du unter argen Beinschmerzen auf dem filigranen Rennrad einen schweren Rucksack hinauf nach Travemünde, somit war Hamburg ans Netz deiner Wege angeschlossen. In der hübschen Kleinstadt vor großweltlicher Hafenkulisse nahmst du Quartier in der Dachkammer einer interessanten alten Dame. Sie erzählte dir unzählige Geschichten, auch jene, daß ihr Sohn einst trauerte, weil eine Leistenbruchoperation ihn an der erträumten Ausfahrt mit der Viermastbark „Pamir" hinderte. „Ach Junge," hatte ihn die Mutter getröstet, „das Schiff fährt auch mal wieder." Das Schiff kam nicht zurück. Die Mutter glaubt seither an die Vorsehung. Du hofftest auf eine Vorsehung, die dich nach Roth führen sollte.

Zwei Tage nur nach dem Marathon fuhrst du fast 180 Kilometer Rad – Travemünde-Heiligenhafen und zurück. Die Sprache der Beine war eine gute – sprich, du hattest kaum mehr Schmerzen dabei. Weitere drei Tage waren ausgefüllt mit Radeln und Laufen. Nebenbei hast du deine Liebe zur Ostsee vertieft. Im Alltag verlorst du dich oft mit dem Trekkingrad oder in Laufschuhen in den Weinbergen um Esslingen am Neckar. Regelmäßiges Schwimmen mußtest du in deinen Wochenplan einbauen, was nicht einfach war bei deinen unregelmäßigen Dienstzeiten und den Öffnungszeiten der Hallenbäder. Es ging, alles mußte gehen, weil es dich auf den Weg deiner Träume brachte. Nie brauchtest du dich zu fragen, ob du Lust zum Training hattest. Die Angst des Scheiterns hätte dich früher oftmals lähmen können, jetzt wußtest du sie zu nutzen. Sie war der Ansporn, immer noch etwas draufzulegen auf dein Tun. Der Vernunftmensch im Träumer mußte dich nicht puschen, manchmal hätte er dich eher bremsen müssen. Du hofftest, durch ehrliches Mühen dein Glück erzwingen zu können. Leitfaden deiner Übungen war nie ein festgelegter Trainingsplan. Es war noch der gleiche, der dich als Kind mit dem Fahrrad um die nächste Gartenmauer biegen ließ – die pure Lust an der Bewegung, an der Anstrengung, an der frischen Luft. Nie hättest du dir einen Pulscomputer um die Brust gebunden. Damit hättest du dich gefangen und gedemütigt gefühlt. Du wolltest deinen Körper selbst begreifen lernen, auch auf die Gefahr hin, durch Irrtum zu scheitern. Und Eigenfehler in der Trainingssteuerung und im Wettkampf durch elektronische Überwachung ausschließen zu können, hieltest du eh immer für eine Illusion des technisierten Menschen. Du befandest als gut, was du getan hast im Halbjahr vor dem „Ironman". Seine Wahrheit aber würde gnadenlos sein. Sie konnte vom Tisch wischen, was du an Kraft und Glaube erarbeitet hattest. Es konnte sogar an einer einzigen Schraube am Fahrrad scheitern, -oder an einem winzigen Virus im Blut. Dann wären nicht nur deine zeitlichen und emotionalen Investitionen zum Teufel, du hättest, ganz nüchtern betrachtet, umsonst eine Menge Geld in die Sache gesteckt. Unzählige ausbezahlte Überstunden ermöglichten dir den Kauf eines Fahrrades, wie du so gut und teuer noch keines besessen hattest. Der Neoprenanzug, der wichtig fürs Schwimmen war, kostete 550,-DM. Du würdest beides nach Roth noch brauchen können, aber ohne „Ironman" hättest du diese Ausrüstung nicht gekauft. Das Startgeld betrug ca. 450,-DM. Nun gut – es gibt keinen Traumweg ohne Risiko. Ein „Nichtversuchthaben" ist die größte der persönlichen Katastrophen. Du mußtest der Wirklichkeit von Roth ins Auge sehen. Immerhin war dein Training gut gelaufen. Selten warst du in diesem Winter erkältet. Körper und Seele waren wieder Freunde. Fünf Wochen vor dem großen Start aber warf es dich tatsächlich noch um. Erst blieb dir die Luft weg, sobald der Weg beim Radeln oder Joggen steil nach oben ging, dann kamen für einen Infekt typische Gliederschmerzen dazu. Fünf Tage lagst du schließlich fest im Bett. Da wäre all deine Hoffnung in ein tiefes schwarzes Loch gefallen, hätte deine Erfahrung nicht ein Hintertürchen offengelassen. Du hattest dich vor allen großen Läufen irgendwann totkrank gefühlt. Da waren die zarten Nerven des Träumers schuld. In Wahrheit war dir keines der Großereignisse mißglückt. In diesem Wissen kamst du langsam zu Kräften. Eine Woche vor deiner Abreise trainiertest du, ganz gegen deine Gewohnheit, in kurzen aber harten Intervallen. Dein Kreislauf gab sich nicht die geringste Blöße dabei. Somit war auch dieses Tal der Angst durchschritten, wobei ein Teil der Verunsicherung blieb.

Die Zeit war reif. Du hattest einmal den Filstalmarathon in Göppingen bestritten, drei Mal den Hamburg- Marathon, vier Mal den Schwäbische-Alb-Marathon, einmal den Rennsteiglauf. Das Netz deiner Wege aus eigener Kraft zog sich von Hamburg hinauf zu großen Teilen der deutschen Ostseeküste, von Rügen reichte es hinunter ins Salzkammergut, es führte ab Hoek van Holland den ganzen Lauf des Rheines hinauf, im Süden berührte es den Genfer See und den Lago Maggiore, umschloß den Comer See, und im Osten ragte es bis übers Zittauer Gebirge. Aufzuzählen, was dazwischen liegt, würde Seiten füllen. In der Westschweiz am Fuße des Jura hing in diesem Netz, wie eine Kugel im Christbaum, die erste Stufe der Erfüllung deiner Träume: Die hundert Kilometer von Biel. In den Weiten Frankens wolltest du die zweite Stufe hinzufügen – den „Ironman Europe" in Roth.

Er war dein Traum. Ganz genau würdest du bald wissen, wie du seine Wirklichkeit ertragen würdest. Vielleicht würdest du auch erfahren, wie wichtig alle Wege vor diesem Weg in Wahrheit waren.

Erster Schweiß in Roth
Aber die Traumkulisse wächst bei Hilpoltstein

Was von nun an erzählt sein soll, ist mir noch nah, so nah damit jetzt wieder „ich" stehen muß statt „du". Aber vielleicht hat das „Du" uns wahrlich ein bißchen zu Freunden gemacht, beim Miterleben meiner Bahn von Roth. Mein Unterwegssein zu meinen Träumen möchte ich als Wanderer auf leicht abenteuerliche und sehr umweltfreundliche Art gestalten, so wie ich's von all meinen Wegen gewohnt bin. Ich packe mein Zelt und das meiste Gepäck auf mein Trekkingrad, lade mir einen großen Rucksack auf die Schultern und nehme das bepackte Rad in die eine Hand und mein Wettkampfrad in die andere. So marschiere ich über fünf Kilometer zur S-Bahn. Räder und Gepäck schleppe ich über die Bahnhöfe von Echterdingen, Stuttgart und Nürnberg. Die vierte Station heißt Roth, doch noch ist es nicht meine Endstation. Im Ort, der Ziel meiner Träume ist, werde ich nur kurz zu tun haben, wenn ich meine Wettkampfunterlagen abhole. Jetzt vergieße ich dort meinen ersten Schweiß, weil ich zwei Räder und viel Gepäck durch die Unterführung zum Nebengleis zu schleppen habe. Eine hypermoderne Regionalbahn trägt mich weg von den großen Verkehrsachsen ins Städtchen Hilpoltstein. Dort in der Nähe startet traditionell der „Ironman Europe", und hier wird seine Kulisse zuerst aufgebaut werden.
Start ist droben am Kanal, einem wassertrockenen, modernen Verkehrsweg, der sehr mit dem Charme des altertümlichen Hilpoltstein kontrastiert. Nur mein Traumbild vermag den nackten Kanal bunt zu kleiden. Über die Kanalbrücke suche ich schleppend und schwitzend den Rothsee. Einladend blitzt dieses Kunstgewässer schließlich wie eine überdimensionale Glasscheibe vor meinen Augen in der Sonne. Es ist geteilt durch eine Dammstraße und von ruhigem Wald umgeben. Vor mir ist das Strandbad, aber so weit ich schaue, liegt kein Campingplatz in dieser Ferienlandschaft. Verloren stehe ich da, nicht wissend, wo ich zur Nacht meine Ruhe finden werde. Immerhin dauert es keine fünf Minuten, bis ich einen ersten Bekannten habe in dieser Gegend. Ein Mann mit blauem Jogginganzug und ergrauter aber junggebliebener Langhaarfrisur lädt mich ein, bei ihm auf der Holzterasse zu sitzen. Er riecht ein bißchen nach Bier, zaubert aber, weil ich keines mag, eine Thermoskanne mit Zitronentee aus der Tasche. Er kenne den Chef hier, sagt er, ich solle warten bis der kommt. Der wisse, wo ich zelten könne, vorallem weil ich Triathlet sei. So blinzeln wir gemeinsam in die Sonne, der Einsame, welcher vielleicht alle seine Träume

schon dem Bier geopfert hat, und der Individualist, der hier die Erfüllung eines großen Traumes sucht. Dieser Einsame aber kennt erstaunlich viele Leute hier. Als der Chef nicht kommt, zaubert er einen anderen Kumpel herbei. Der zeigt mir droben am Kanal eine von Absperrband begrenzte Wiese.

„Das war in den Jahren immer Parkplatz für Triathleten, aber vielleicht kannst du hier zelten." Ich stelle mein kleines Lager auf. Bald fährt ein Streifenwagen vorbei. Die Polizisten sehen mich und mein Lager, steigen aber nicht aus dem Fahrzeug, um mich wegen wilden Campierens zu verweisen. Jetzt weiß ich, hier werde ich zuhause sein, vom heutigen Dienstag bis Sonntag – dem Sonntag des „Ironman". Toiletten sind am Strandbad, und frühmorgens kann ich da ungestört im Freien kalt duschen. Abenteuer – wie liebe ich dich. Noch bin ich allein, kein anderes Zelt wächst am ersten Abend neben dem meinen. Einmal bin ich wahrhaft der Erste. Wahrscheinlich wird es hier auch keinen Altenpfleger mehr geben, der sich seinen Streß wegmeditieren muß, vor dem Härtetest. Zu diesem Zweck tut mir die Einsamkeit der ersten Urlaubstage wohl. Ich vergrabe mich in Bücher und schlafe viel. „Proben", (sprich trainieren) mag ich kaum mehr für den großen Tag. Ein paar Armzüge im Rothsee, ein bißchen Traben auf den hitzeflimmernden Schotterwegen am Kanal und ein paar Spazier- sowie Einkaufsfahrten mit dem Trekkingrad, mehr mute ich mir nicht zu. Ruhe ist wichtiger, was ich jetzt nicht drauf habe, werde ich mir nicht mehr aneignen können. Die Brücke am Kanal und der leichte Hang von Hilpoltstein hinauf zum Zelt mache ich durch Fahrten zum Einkauf und ins Lokal zur vertrauten Wanderheimat.

Drum herum wächst Tag für Tag, Stück für Stück die Kulisse der großen Bühne. An der Kanalanlände stehen 2700 braune Ständer für unsere Räder, das weiße Wechselzelt ist errichtet und der eiserne Turm für die Kommentatoren. Über der Straße hängt eine große Bandarole des Hauptsponsors. Ein blau-weißes Schild zeigt Radkilometer 170 an. Es wird mir zum kleinen Nebentraum, diese Stelle während des „Ironman" zu erreichen und vielleicht noch Kraft in den Beinen zu haben. Drunten im Lokal am Tisch neben mir besprechen die jungen Damen, wo am Sonntag der beste Platz an der Strecke sein wird. Ich weiß, dieser ganze Landstrich voll freundlicher, gastlicher Menschen wird mitfiebern, mit allen 2700 Athleten, also auch mit mir. Das läßt meine Vorfreude wachsen bis zur kleinen Gänsehaut. Und doch schmeckt diese Freude bang, sobald mir in den Sinn kommt, wie schwer meine Rolle auf der Bühne sein wird. Keinen Souffleur wird es geben da, alles wird an mir alleine hängen. Das Lampenfieber beginnt zu brodeln. Vielleicht würde es überkochen, wenn ich noch immer allein wäre auf meinem Zeltplatz. Aber lange schon ist da eine Stadt aus Zelten und Wohnmobilen gewachsen. Deutsche, englische, französische und tschechische Wortfetzen fliegen herum. An Autos gelehnt und auf Wohnmobile gespannt schimmert sündteures Radmaterial. Die „Ironmen" sind da. Ganze Heerlager sind um den Rothsee entstanden. Irgendwann entdecke ich dazwischen die Kameraden vom Triathlonverein „Nonplusultra Esslingen", dem ich seit einiger Zeit angehöre. Das gemeinsame Lachen mit den Jungs und Mädels tut der Seele wohl. Es lenkt ab von der Last meiner Gedanken. Zu oft hatte ich allein ins Hitzeflimmern am Kanal geschaut und versucht, mit dem geistigen Auge jenen Punkt sehen, den ich als äußersten mit eigener Kraft würde erreichen können. Sportliche Wahrheiten lassen sich nicht vordenken oder vorphantasieren. Manchmal bin ich froh, Morgen die Wahrheit finden zu dürfen, manchmal wünsche ich, der Tag X sei erst in hundert Jahren.

Samstagabend löst der Himmel seine Spannung. Ein Gewitter verjagt mit heftigen Windböen die Hitze der vergangenen Tage. Ich werde hinaus müssen in den Aufruhr der Elemente, denn nah ist der Termin, da ich meine Ausrüstung auf die Bühne des „Ironman" zu bringen habe. Zwei Leinenbeutel liegen vor mir im Zelt. Ich verfluche sie, wie ich vor fast vergessener Zeit eine Reckstange verflucht habe. In den Beutel mit der roten Startnummer müssen die Radutensilien, ein großes Handtuch, das Trikot mit den Ersatzschläuchen und Montagehebeln und ein Paar Socken. In den grünen muß die Laufausrüstung, das sind nur die Joggingschuhe und eine Mütze. Zu meinem Rad werde ich die Radschuhe stellen. Der Sturzhelm darf am Lenker sein. Ich muß meine drei zweigeteilten Power- Riegel auf das Oberrohr der Rennmaschine kleben, die Rahmennummer festzurren und eine Haube als Regenschutz über das Rad ziehen. Das alles ist wahrlich kein intellektuelles Meisterstück, aber mir ist, als sei ich heute zu blöd dazu! Dauernd räume ich die blöden Leinenbeutel ein und aus und fluche wie tausend Bierkutscher. Gut, daß mein Zelt vor neugierigen Blicken schützt. Keinen Sinn ergibt mein Benehmen für den Außenstehenden. Ich alleine weiß, meine Ausbrüche sind legitimes Ventil von Angst und Ungewissheit vor dem langen Weg.

Ich muß mit Rad und Beuteln zur Wechselzone hinüber. Von der Kanalbrücke schaue ich hinunter auf das Startareal des „Ironman". Es ist ein trübes, verregnetes Bild. Keine Spur vom Traumbild eines kitschig schönen Sonnenuntergangs, in dem blankgeputztes Radmaterial funkelt. Grau wie dieser Abend ist so manche Wahrheit. Grau beginnt aber auch mancher wundervoll bunt endender Traum. Wir werden sehen. Da ist der Zaun um die Schwimm- Rad- Wechselzone. Ich trage ein grünes Teilnehmerarmband, gehöre also auf die Bühne und darf hinein. Sie kontrollieren Sturzhelm und Bremsen. Dabei finde ich endlich das angenehme Ventil aufgeregter Sportler – den mehr oder minder blöden Witz. „Der Helm," belehrt man mich, „muß über Nacht am Fahrrad bleiben." „Mein Helm," brumme ich zurück, „wollte heute Nacht ausgehen. Aber ich werde mal mit ihm reden."

Das Rad Nummer 2603 muß in Ständer Nummer 2603, der rote Beutel vor dem Wechselzelt an Platz Nummer 2603, der grüne Beutel auf den Lastwagen zum Laufwechsel nach Roth, wo er von fremder Hand unter 2603 abgelegt wird. 2603 - das bin ich. Diese Nummer werde ich tragen über die große sportliche Bühne. Meine Aufregung legt sich, als alles am Platz ist. Zwei Kameraden aus dem Verein laufen mir über den Weg. Ich begrüße sie ruhig und freundlich. Die Nacht aber ist keine ehrholsame, wie ich sie brauchen würde. Was macht mir schon das Prasseln des Regens an den Zeltwänden. Hundertfach hat es der

Wanderer schon erlebt. An einen Ort solcher Aufregung aber bin ich noch nie gewandert. Heute finde ich keinen Schlaf, der seinen Namen verdient. Unruhig wälze ich mich von einer Seite zur anderen, die Hand greift wieder und wieder nach dem Wecker. Die Zahlen auf der Leuchtdiode werden größer – ein Uhr, zwei Uhr, drei Uhr. Meine Frist vor dem „Tag der Wahrheit" wird kleiner, noch drei Stunden, noch zwei, noch eine. Hin und wieder döse ich ein bißchen und träume oberflächlichen, schwachsinnigen Mist. Im Unterbewußtsein habe ich die ganze Zeit ostwärts gelauscht. Noch bevor die Sonne steigt, wird dort die akkustische Kulisse der großen Bühne erwachen. Sind da schon Geräusche, trappelnde Füße, Motoren, Lautsprecherdurchsagen?

Irgendwann beginnt einen Kilometer entfernt von meinem Lager die große Oper des Triathlon. Die weit über Kanal, Wälder und Wiesen schallende Begrüßung hat einen feierlichen Klang, und sie spielen die Hymnen der großen Nationen, die ihre Teilnehmer schickten zum „Ironman" nach Roth. Der kleine Wanderer kriecht aus seinem bescheidenen Lager. So nah ist die klangliche Übermalung meiner Träume, und ich armer Zwerg bin banal, unendlich banal damit beschäftigt, nicht beim Frühstück schon zu kotzen. Riesig ist der Berg von Nahrung, den ich aufgehäuft habe. Er muß herunter, mein Energiedepot muß randvoll gefüllt sein. Der Trick aber nützt nicht viel, die Brote mit Essiggurken zu garnieren, weil die meinen Appetit anregen. Mein Magen ist klein und hart wie ein Kieselstein. Ich soll ihn füllen zur ungewohntesten Zeit des Tages und bin aufgeregt wie ein gejagtes Tier. Es muß hinunter! Wenn es da nicht bleibt, bin ich auf lächerlichste Art vorzeitig gescheitert. Als die große Katastrophe des Erbrechens ausbleibt, weiß ich noch nicht, wie wichtig dieser banale Erfolg für den Weg meiner Träume ist. Wohl aber weiß ich, daß ich mit dieser Sorge nicht alleine bin in allen Zelten und Gasthöfen um Roth und Hilpoltstein. Viele Sportler kämpfen mit solchen Problemen, die nie ein Zuschauer sehen kann. Auch Olympiasiegern und anderen Größen wird es am Morgen wichtiger Tage schon so gegangen sein. Vielleicht hatten sie auch diesen Gedankenkreisel im Kopf, auf dem Bilder des ganzen sportlichen Vorlebens wirbeln. Mein Wirbel beginnt mit einer in der Pubertät gefühlten Reckstange. Ein Ende, ein Ergebnis kann ich nicht finden. Ich laufe der Wahrheit entgegen. Da ist kein Fluchtreflex, der eine Möglichkeit wäre, auf Angst zu reagieren. Die andere Möglichkeit ist die Aggression. Ungewohnt spitz sind meine Ellenbogen, als ich mich durch die Zuschauermenge auf der Kanalbrücke dränge. Sie sind so erwartungsfroh, so fröhlich. Ich, der ich auf der Bühne etwas leisten muß, kann das jetzt nicht brauchen und will endlich hinter den Zaun, wo nur die Offiziellen und die Athleten sich aufhalten dürfen.

Kleine organisatorische Dinge sind noch zu tun. Meine Registriernummer muß ich mir auf die Arme schreiben lassen und ein C für die Altersklasse zwischen 30 und 35 Jahren auf die Wade. Den Reifendruck am Rad muß ich überprüfen und den Regenschutz abnehmen. Der rote Beutel muß noch an seinem Platz sein, und ein weiterer Leinenbeutel mit der blauen Startnummer muß noch abgegeben werden. Er enthält meine Wertsachen und Kleidung fürs Ziel. Sehr zu hüten habe ich mich, damit diese Geschäfte in all ihrer Schlichtheit nicht zum Zündfunken werden, an dem sich meine Unsicherheit entlädt. Schließlich ist da noch der Neopren. Das Anziehen der fetten, schwarzen und eng anliegenden Schwimmhaut ist ein beachtliches Stück Arbeit. Es erfordert mehr Geschick, als es zitternde Hände hergeben würden. Somit ist es auch ein kleiner Erfolg, daß ich mich ruhig und gelassen in meine Schwimmhilfe zwänge. Der Neopren drückt die Brust zusammen, solange du ihn im im Trockenen trägst. Inzwischen aber trage ich diese kleine Zwangsjacke schon ganz ruhig. Ich sitze still in einer Ecke, den Rücken an ein kühles Absperrgitter gelehnt. Die Wettkämpfer um mich herum stehen still und nachdenklich da, sie schwatzen, oder sie gymnastizieren. Seltsam uniform haben uns die schwarzen Neoprenanzüge gemacht. Nur durch die Badekappen unterscheiden wir uns. Jede Startgruppe hat eine andere Farbe. Aus dem Lautsprecher bellen Stimmen, Interviews und Kommentare. Hört von uns einer hin? Ich tu es nicht mehr. Mir scheint, das ist für die andere Welt da draußen, für die schwarze Masse der Zuschauer. Sie grollt außerhalb des Zaunes und droben auf der nahen Brücke. Noch immer will mir ihre Erwartungshaltung feindselig erscheinen. Vor zwei Jahren stand auch ich noch da oben. Keiner, außer mir selbst, hat mich auf die andere Seite der Bühne gezwungen.

Die erste Arie der Triathlonoper wird gespielt. Musik von getragener Schwere hallt aus den Lautsprechern. Noch eine Minute bis zum Start der ersten Gruppe– wassertretend vor dem Startband verharrt die Weltklasse unserer Sportart. Da sind Lothar Leder, Peter Reid, Thomas Hellriegel, Norman Stadler und Andreas Niedrig. Noch zehn Sekunden, Stille knistert jetzt im Publikum am Ufer und auf den Brücken. Da kommt der erlösende Schuß, die Zuschauer werden zum Jubelchor und hunderte Arme erzeugen ein Geräusch wie eine Horde wilder Schwäne im Wasser. Der Chor des Publikums zerfällt in tausend Einzelstimmen, wird untermalt vom Trommeln und Pfeifen, vom Rasseln und Tröten. Über allem ruft die aufgeregte Stimme des Sprechers (so eine habe ich als Kind bei meinen Autofußballspielen gehabt).

Zwölf Mal wird sich das Ritual wiederholen, denn man hat die 2700 Starter des größten Triathlons der Welt in 13 Startgruppen entzerrt, die mit jeweils 10 Minuten Abstand auf die Reise gehen.

Nichts als Wasser
Meine erste starke Zeit

Mit der letzten Gruppe werde ich dran sein. Dem Start der Favoriten habe ich zugeschaut, um dann wieder meine stille Ecke zu suchen. Noch 70 Minuten trennen mich vom Wettkampf. Sie vergehen schneller als beinahe jede andere

Stunde meines Lebens. Immerhin ist der Gedankenkreisel im Kopf stehengeblieben.

Gruppe 13 –hellblaue Badekappen- wird ins Wasser gebeten. Ich bin unterwegs. Wird der neue Weg böse und hart wie die Reckstange vor zwanzig Jahren? Eintauchen ins Element des ersten Wettkampfteils. 21 Grad Wassertemperatur sind recht angenehm, wenn die Nässe langsam durch unsere dicke Gummihaut sickert. Die Musik spielt diesmal für uns. Nach zehn Sekunden Stille erfahre ich beim Startschuß das Wort „erlösend" in seinem vollen Sinn. Flucht und Kampf sind unsere Urtriebe gegen die Angst. In meinem Tun werden sie zur Symbiose. Ich bewege mich fort– also Flucht. Die Fortbewegung aber ist auch Kampf – einen heißeren mag es kaum geben. Die Spannung löst sich. Der Gedanke ist klar, den ich daheim noch einmal herauslas aus meinen Ergebnislisten früherer Triathlons: Schwimmen ist meine stärkste Disziplin. Noch immer mag ich nicht den Weg des heutigen Tages im Ganzen vorausdenken. Aber ich denke bis zu dem Moment, da ich bewiesen haben werde, daß ich mehr als ein brauchbarer Schwimmer bin. Vor allem den anderen schwarzgummierten Wasserwühlern da möchte ich es zeigen. Wettkampflust hat mich gepackt, die sich im Gedränge des Feldes zur Wut steigert. Wir sind uns nah und stoßen mit unseren dunklen Neoprenkörpern aneinander wie pussierende Seehunde. Aber wir liebkosen uns nicht. Im Gegenteil- die Nähe des anderen macht mich böse. Immer kommt mir einer in die Quere und nimmt meinen Armzügen den Gleichklang. Ein paar Mal rammt mir einer den Ellenbogen oder die Ferse in die Flanke. Ich muß mich beherrschen, ihn nicht mit einem Faustschlag in den Rücken zu strafen. Natürlich tue ich so was nicht, aber ich hätte die Lust dazu. Kaum bewußt wird mir, daß ich es manchmal selber bin, der quer treibt, der scharfe Ellenbogen und spitze Fersen hat. Man sieht einfach nichts als Kraulschwimmer. Unter Wasser ist alles grünbraun trübe, über dem Wasser nur weiße Gischt. Du meinst, mitten in einem Springbrunnen zu kraulen. 170 Mann teilen sich eine Hälfte der Wasserrinne. Die Bahn ist nicht schmal, aber wir Nichtssehenden bilden ein Knäuel, der Zuschauer könnte meinen, Magnetismus sei da im Spiel. Angst macht dieser Menschenhaufen. Ein Fuß, der richtig trifft in Bauch, Gesicht oder Unterleib kann Höllenschmerzen machen. Eindringliche Erfahrung habe ich da aus meinen anderen Triathlons. Ernsthaft verletzt wurde ich noch nicht dabei, aber es kann durchaus vorkommen. So soll mein Traum nicht enden! Ich hasse die Typen um mich. Hier im Wasser des „Ironman" kapiere ich plötzlich, warum sich Eishockeyspieler manchmal prügeln. Aufgewühlte Nerven, Anstrengung und körperliche Nähe – das paßt nicht zu einander. Auch mich, der ich ein eher Sanfter und Stiller bin, macht das fuchsteufelswild. Von solcher Realität habe ich nie geträumt. Ich gehe lange, schwere Wege, weil ich Frieden finden will, mit mir selbst und mit anderen.

„Gräme dich nicht so sehr, Nummer 2603. Der Weg ist lang, er wird anders enden als er beginnt. Auch du selbst wirst ein anderer sein am Ende des Weges." Die Märchenfee ist es, die zu mir spricht. Ich weiß, die Königin der Träume gibt es nicht. Doch auf allen Wanderungen habe ich mit Phantasiegestalten gespielt und mir ihre Stimmen vorgestellt. Das hilft über manche Krise. Also tu ich es auch hier und heute. Ich weiß solche Gedankenspiele heutzutage sehr gut von der Wahrheit zu unterscheiden.

Dies hier ist eine Wirklichkeit, die nie in allen Teilen rein und gut sein kann. Das Reine und Gute herauszufiltern in der Reflektion, das wird die Kunst sein. Es ist eine Kunst, die Menschen als Gnade Gottes fast instinktiv empfinden. Ehrlich gesagt, die Keilereien hier sind nicht schlimmer, als bei manchem Sprinttriathlon im Baggersee. Nicht alles muß größer sein und schwerer zu bewältigen auf einem Weg, der „Ironman" heißt. Das System der 13 Startgruppen bewährt sich gut. Bald habe ich Raum. Startgruppe 13 –hellblaue Badekappen- hat sich sortiert nach schnelleren und langsameren Schwimmern. Nur selten treffen zwei schwarze Krauler aufeinander. Meist kann ich den Rhythmus des Armzuges beibehalten, den ich gefunden habe. Es ist ein gesunder Rhythmus bei gleichbleibender Vorwärtsbewegung. In solcher Stetigkeit, die fast schon ein bißchen meditativ ist, schweifen meine Gedanken, wie es Wanderergedanken gerne tun, ganz egal ob der Wanderer geht oder schwimmt. Sehr ruhig ist nun mein Empfinden, weil ich fliehe, weil ich kämpfe, und weil Wasser mein angstfreiestes Terrain auf Erden ist. Immer habe ich Panik vor Bergabgründen gehabt, niemals aber fürchtete ich mich vor Wassertiefen. Über den schwarzen Abgründen des Bodensees könntest du mich bei sicherem Wetter aus dem Boot werfen, ohne mich dadurch zu beunruhigen. Schwimmen ist die Tätigkeit, von der ich überzeugt bin, sie zu beherrschen. Es ist ein Verlust, über Jahre meines Daseins kaum im Wasser gewesen zu sein. Ich liebe das Wasser, seine Kühle, sein leises Schmeicheln auf der Haut. Mich faszinieren die rätselhaften Tiefen, und das Glitzern der Sonne auf den Wasserflächen, seien sie rau vom Wind oder glatt. Sogar die zerspringenden Kunstlichter an den Beckenwänden von Hallenbädern habe ich gern. Wie hat das Rauschen der See auf stundenlangen Strandwegen mein Herz erfüllt. Ich liebe salzigen Geruch genau wie den süßen Geschmack von Binnenseen. Im Wasser fühle ich mich heute frischer und jugendlicher als an Land. Wahrscheinlich habe ich das Wasser auch deshalb so gern, weil es meinen Körper erfaßt und mich beim Tauchen versteckt, wie es einst die Bettdecke tat, unter der ich Karl May laß. Obgleich der Wanderer und Naturbursche das Wasser gerne sinnlich auf der Haut fühlt, wird ihm der dicke Neopren nicht zum Wasserliebestöter. Schwimmst du im Neopren, beginnt das Wasser oben am Kragen langsam einzusickern, wobei es dich ganz neckisch zwischen den Schultern kitzelt. Das Drücken auf der Brust, das dich an Land plagte, hört nach und nach auf. Bald ist dein Körper von drei Häuten umspannt, der eigenen, einer Zwischenhaut aus körperwarmem Wasser und der Gummihaut des Neopren. Der Neopren gibt spürbaren Auftrieb. Du liegst höher im Wasser, der Vorteil ist meßbar, er wird mit einer halben Minute pro Kilometer beziffert. Nackte Zahlen mag der Träumer nicht. Er will lieber noch ein bißchen übers Wasser philosphieren.

Wasser ist ein sehr pädagogisches Betätigungsfeld für Sportler, denn im Wasser geht nichts mit Gewalt. Du mußt dich einfühlen, du mußt gleiten können darin. Wohl kannst du deine Züge länger und kräftiger werden lassen, um das Tempo zu erhöhen, wenn du aber schneller und wilder die Arme wirbelst, bremst du dich nur damit. Das losgelöste Gefühl des Dahingleitens hat im Wasser oft meine Gedanken weit und ruhig gemacht.

Wasser ist auch hier auf der Bühne des „Ironman Europe" nichts als Wasser. Ich spüre es mit einer Befreiung, als habe das tatsächlich in Frage gestanden. Es braucht nichts anderes, um zu bestehen auf diesem ersten Teil der dreidimensionalen Reise, als diese beiden Arme, die zu Hause in Hallen- und Freibädern und in Baggerseen üben, die im Pflegeheim alte Menschen aus Betten, auf Toiletten und in Rollstühle heben. Laut genug ist mein „Stimmchen", sprich die Kraft meiner Arme, um auf dieser großen Bühne klarzukommen. Das wird deutlich, wenn ich hin und wieder beim Atmen den Kopf ein bißchen nach hinten überdrehe, um einen Blick über die grüne Fläche zu werfen, in der die von Zuschauern überladene Hilpoltsteiner Brücke langsam versinkt. Mehr von Gischt umschäumte hellblaue Badekappen bewegen sich hinter mir als vor mir. Diese Erkenntnis – ich kann's nicht uneitler beschreiben, als es ich es hier und jetzt empfinde – macht die Brust ein wenig breiter und die Arme ein wenig länger.

Mein Rhythmus stimmt – gleiten mit vorgestrecktem rechten Arm. Sobald der mit hoch gestelltem Ellenbogen durch die Luft schwingende linke Arm im Augenwinkel zu sehen ist, zieht der rechte nach unten. Er faßt ins Wasser, ungefähr so, als wolle er kleines Faß vor dem Körper greifen. Langsam packt er zu und zieht schnell nach hinten weg. Wenn der rechte Arm zieht, muß gleichzeitig das linke Bein aus der Hüfte aufs Wasser schlagen. Der Körper rotiert um die eigene Achse, auf die Seite des jeweils unter Wasser arbeitenden Armes. Ausgeatmet wird immer ins Wasser, eingeatmet bei jedem zweiten Zug unter dem linken Arm, so bin ich es gewöhnt. Mag meine Schwimmtechnik nicht perfekt sein, manchmal gelingt mir ein harmonischer Bewegungsablauf, ohne daß ich daran denken muß. Noch seltener fühle ich mich dabei so mühelos sicher, dass ich meine, von einem Seil gezogen zu werden. Solche schönen Momente aber lassen sich beim Schwimmen so wenig erzwingen, wie ein Maler sich zur richtigen Malstimmung zwingen kann. Ausgerechnet heute, am Tag, der wirklich zählt, erwische ich die beste Schwimmstimmung. Bisher geht alles scheinbar von allein. Dabei habe ich gestern gemeint, ich bringe es nicht fertig, ein bißchen Wäsche und Ausrüstung in Leinenbeutel zu packen, und heute Morgen dachte ich, ich könne mein Frühstück nicht essen. Aber war das nicht eine normale Art von Furcht, wie sie uns alle befällt, beispielsweise vor Prüfungen in Schule und Beruf? Ich hatte noch vor jeder Prüfung das elende Gefühl, rein gar nichts zu wissen und keines klaren Gedankens fähig zu sein. Danach bin ich aber noch nie durch eine Prüfung gefallen. Ist dieser Vergleich übertragbar auf die Prüfung des „Ironman"? Wir werden sehen.

Im Moment ist meine Sorge stark zusammengeschnorrt. Fast so wohl wie der sprichwörtliche Fisch im Wasser fühle ich mich. Doch kann dieser Satz leicht zur Platitüde werden, immer droht Ungemach, schon beim nächsten Armzug kann es da sein. Auch im angstfreien Terrain bist du nicht immer ganz ohne Furcht.

Meinen frei fliegenden Gedanken fällt jetzt eine norddeutsche Geschichte ein, die mit meiner Vorbereitung auf den „Ironman" in Roth zu tun hat. Nicht allein meine Gedanken vermögen von Hilpoldtstein nach Travemünde zu fliegen, auch mein Finger könnte auf einer Landkarte diese beiden Orte der Linie meiner Wanderungen nach verbinden. Da droben, wo ich im April mein kleines Trainingslager aufgeschlagen hatte, wollte ich am letzten Tag, nach all der Lauferei und Radlerei, noch ein wenig schwimmen. Das Hallenbad fand ich im Erdgeschoß des „Maritim", jenem wolkenkratzerartigen Hotel ganz draußen an der Mole. Durch ein Panoramafenster ging mein Blick zum gegenüber vertäuten Viermastsegler „Passat", dessen baugleiches Schwesterschiff „Pamir" seit über dreißig Jahren auf dem Meeresgrund nahe der Azoren liegt. Hin und wieder glitt eine der hochhausgroßen Ostseefähren wie von Geisterhand geführt der freien See oder dem Hafen zu. Vor dieser herrlichen Kulisse schwamm ich eigentümlich bedrückt meine Bahnen. Nach jeder kurzen Bahn mußte ich am Beckenrand Pause machen, obwohl ich doch im heimischen Bad bis zu zwei Stunden pausenlos hin und her kraulen kann. Als im Wellenbad sich dann wieder die Wellen hoben, hatte ich genug. Wie von einem Köder gelockt verließ ich das Bad. Erst nach langem Sinnieren fiel mir am späteren Abend der Grund meines seltsamen Gebarens ein. Kinderängste hatten mich gepackt, Ängste, wie jedes Kind sie hat, die die Mutter von Zeit zu Zeit wegschmusen muß. Meine hauptsächliche Kinderangst handelte, was keiner in meiner binnenländischen Familie jemals erklären konnte, von versinkenden Schiffen. Diese Ängste also hatten mich wieder beschlichen, nachdem ich sie längst tot geglaubt hatte. Zu kindlich genau hatte ich mir zuvor die „Passat" betrachtet und mir Naturgewalten ausgemalt, die so ein riesiges Schiff versenken und 60 Matrosen töten können. Und mein einsames Köpfchen im abendlichen Wellenbad war so klein und die Fähren so groß... Seltsam: auf der sicheren Hafenmauer liebte ich es über alles, den gigantischen Fähren zuzusehen.

Immerhin bleibt mir die Konfrontation mit großen Schiffen beim „Ironman" erspart, denn der Europakanal ist heute für den Verkehr gesperrt. Zu blöd wäre es, wegen Schiffsängsten aus der Kindheit von der Bühne meiner Träume fliehen zu müssen. Andererseits – vielleicht würde mich das Erlebnis des großen Tages mutig genug machen, um in nächster Nähe an einem Ozeanriesen vorbeizuschwimmen.

„Nun ist's aber genug, Nummer 2603. Ozeanriesen gibt's hier nicht auf dem Kanal. Schweife nicht zu weit mit den Gedanken, sondern konzentriere dich!" Richtig, der Verkehr auf dem Kanal war in all meinen Tagen hier dünn, und Binnenschiffe haben mich nie beängstigt auf meinen Reisen. Sie hatten stets eine ruhige, gemütliche Ausstrahlung auf mich. Hier sehe ich nur kleine Motor-

und Paddelboote. Sie sind unsere Freunde, denn im Verbund mit Bojen verschiedener Farbe weisen sie uns den Weg. Die Gefahr, in die Irre zu schwimmen, ist auch im eng eingefaßten Gewässer eine durchaus reale. Kommt einer von uns zu weit nach links, wo die Schwimmer früherer Startgruppen von der Wendeboje zurückkraulen, weist ihn die Trillerpfeife eines Paddlers oder Bootsmannes wieder auf die rechte Bahn. Ich schwimme weit links, immer nahe an Booten und Bojen vorbei. So ist die Orientierung leichter für einen, der nach links atmet. Hin und wieder aber muß ich meinen schönen Rhythmus stören, um kurz den Kopf weit aus dem Wasser zu heben. Anders behälst du den Überblick nicht. Es gibt keinen „Orientierungstrick" für Schwimmer.

Diese Momente nutze ich auch, um kurz nach hinten zu schauen, womit ich eine andere Angst bekämpfe: eine Angst, die ebenfalls aus fernerer Zeit stammt, aber ein paar Jährchen jünger ist als meine Schiffsängste. Es ist die Angst am Ende des Feldes zu sein; Tabellenletzter, wie einst im Fußball, wie im Radsport. Diese alte Furcht erlahmt, denn die hinterste blaue Badekappe ist schon aus meinem Blickfeld verschwunden. Bald reicht mir die Vorausschau, um die alte Angst völlig zu verlieren. Da sind orangene Punkte auf dem Wasser, ich wollte eine Zeit lang noch Bojen sehen in ihnen. Aber es sind Schwimmer – ganz zweifelsfrei Schwimmer, die zehn Minuten vor uns gestartet sind. Im vorderen Drittel der blauen Badekappen von Startgruppe 13 liegend schwimme ich hinein ins hintere Drittel der orangenen Badekappen von Startgruppe 12. Jetzt sind so viele um mich herum, die das gleiche Ziel haben wie ich. Zumindest im Schwimmen bin ich besser als sie.

„Na also, Nummer 2603. Daraus kannst du eimerweise Mut schöpfen. Schaue nie mehr zurück! Schau nach vorn! Die Reckstange in deinem Kopf wankt. Merkst du es?"

Mitunter verteilt sich das Feld bereits so, dass ich mich einsam im weiten Kanal verliere. Das Alleinsein gehört zu den stärksten Bildern meines Wanderlebens. Scheinbar verloren stand ich oft als kleiner Fußgänger, Radler oder Läufer vor gewaltigen Horizonten, ich wirkte hilflos und kam doch zurecht in übermächtigen Gebirgsstöcken, in endlosen Ebenen, in tiefen finsteren Tälern, in undurchdringlichen Nebelbänken, in schweigenden Wäldern, an windumtosten Stränden. Der Reigen dieser Bilder ist mein Wandererschatz. Er macht mich reich und ist erkämpft mit demütigem Tun. Die Bilder vom Main-Donau-Kanal werden ihren Platz haben im Reigen, auch wenn hier nur eine seelenlose Industrielandschaft zu finden ist. Wasserbilder faszinieren immer und überall. Wasser, das leichte Wellen wirft, tanzt am Auge des Schwimmers vorbei. Stetes Heben und Senken, Aufbauen und Zerfallen, Gebären und Vernichten, Kommen und Gehen. Darin steckt der Kern allen Lebens. Ein Lebewesen aber möchte sich ausleben und erfüllen, bevor es vergeht. Die wasserkraulenden Triathleten hier haben eine friedsame Art gefunden, um sich auszuleben. Sie erfreut die Herzen aller, die auf der Bühne kämpfen oder an ihrem Rande stehen.

Wir verlassen die große Bühne und schwimmen in ziemlicher Einsamkeit, wo kaum mehr ein Zuschauer an den scharfen Rändern unseres Gewässers steht. Den Leuten an der Anlände Hilpoltstein sind wir außer Sicht geraten und am Horizont verschwunden. Aber eifrig kraulend werden wir zurückkommen. Der Schwimmer Nummer 2603 wird stärker wiederkehren als er ging. Ich spüre es. An der Wendeboje treffe ich ein paar schwimmende Kameraden, und deren Fersen bekomme ich wieder einmal kräftig in die Rippen. Meine Armzüge werden wild aus Wut und verschlucktem Schmerz. Mit einem Schwimmer komme ich gar nicht auseinander, wieder und wieder stoßen und verkeilen wir uns. Starr suchen wir den geraden Weg, keiner weicht einen Zentimeter von der Bahn. Irgendwann wird mein Widerpart böse. Er nimmt den Kopf aus dem Wasser und flucht. Er spricht Englisch, ich verstehe nur ein schönes Wort mit F... . Ich belle tapfer zurück, auf schwäbisch, er wird auch das hübsche Wort mit A... nicht verstehen. Es macht gerade Spaß, so zu streiten. Da ist kein Bauchweh mehr, das mir mein sanftes Träumen bei solchen Gelegenheiten gerne macht. Mir ist klar, fänden wir uns wieder im Ziel, würden wir als dicke Freunde miteinander darüber lachen. Aber noch lange sind wir unterwegs.

Wieder ist da der Schatten der Straßenbrücke über den Kanal. Zum zweiten Mal unterschwimme ich sie. Viele, viele Male in den Tagen zuvor habe ich sie von der entfernten Hilpoltsteiner Brücke betrachtet. Da stellte ich mir noch vor, ein Stück über jene Brücke hinaus und wieder zurück zu schwimmen. Man kann das nicht in Gedanken vorwegnehmen- die Wahrheit ist weit besser.

Die reale Kraft meiner Arme ist von mehr als ausreichendem Wert. Noch immer greifen sie rhythmisch und ruhig ins Wasser, zuverlässig wie Maschinen. Schwimmen empfinde ich jetzt als Istzustand. Ich denke nicht nach, wie lang ich es noch tun muß. Ich werde schwimmen und schwimmen. Das Ziel wird nachher schon zu finden sein. Ein bißchen schwimme ich, wie der gestürzte Frosch im Milcheimer strampelt, bis die Milch zur Butter wird und er zurück ins neu gewonnene Leben steigen kann.

Die Hilpoltsteiner Brücke – im gleichen Maße wie sie vorher im Wasser zu versinken schien, sehe ich sie wieder herauswachsen. Sie ist mit bunten Transparenten geschmückt und scheint sich zu biegen unter der Last tausender Menschen. Auch rechts und links an den scharfen Betonrändern des Kanals wird das Zuschauerspalier enger. All die Menschen sind gekommen, als der frühe Sonntagmorgen noch dunkel und kalt war. Zu einem Zweitausendsiebenhundertstel taten sie das auch meinetwegen. Ich möchte ihnen danken, diesen Freunden. Sind sie mir vormals wirklich feindselig vorgekommen in ihrer freudigen Erwartung? Als Schwimmer habe zumindest meine Erwartungen erfüllt. Jetzt bin ich stark genug, die Freundschaft der Masse anzunehmen.

Die da draußen haben den größten Verdienst daran, daß der „Ironman Europe" zu den großen Sportereignissen Europas gehört. Leider nicht von der Medienpräsenz- aber von der Athmosphäre her tut er es ganz sicher. Auf seine herrliche Bühne darf ich zurückkommen. Wie ein Sänger spürt, wann er gut gesungen hat, spüre ich, daß ich gut geschwommen bin – ohne eine Uhr zu brauchen. Der klare Beweis, ein mehr als brauchbarer Schwimmer zu sein, ist vor mir selbst erbracht. Von der Wendeboje an überholte ich gelbe Badekappen, die zwanzig Minuten vor mir auf die Reise gegangen waren. Ein paar Hundert Meter weiter würde ich gerne noch schwimmen und im Tausch ein paar Kilometer weniger Rad fahren. Doch das ist kein Wunschkonzert mehr, wie mein kindliches Autofußballspiel, das ich nach eigenen Plänen, Wünschen und Gedanken gestalten konnte. Der „Ironman" hat seine eigenen Gesetze. Ich muß mich der Ungewißheit des Weiterwegs stellen. Einen kleinen Bogen nach links darf ich noch um die Startzone ziehen, dann spüre ich einen Gummiteppich an den Füßen. Orangegekleidete Männer stehen bis zu ihren Oberschenkeln im Wasser. Sie reichen uns die Hand, um uns aus der Schwimmlage auf die Beine zu helfen. Das beim Schwimmen allgegenwärtige Rauschen erlischt sofort, als ich den Kopf aus dem Wasser hebe. Nun umgibt mich der Trubel einer großen Bühne. Ich muß ihn niemals mehr spielend in ein Zimmer raunen. 3,8 Kilometer Schwimmen sind geschafft. Schade nur, daß sie für den gesamten Weg nicht mehr Bedeutung haben, als ein kurzer Zeitfahrprolog für die Tour de France. „Wie lang ist es her, daß du dachtest, du könntest nicht Kraulschwimmen lernen, Nummer 2603? Flieh! Schüttle sie endlich ab, deine Verzagtheit!"

Im Rausch von Solar
Der Wechsel von Einsamkeit und großer Bühne

Vergessen wir nicht: Einige der 2700 Triathleten sind bestimmt schon da unten im Kanal mit geplatzten Träumen auf der Strecke geblieben. Gescheitert sind sie an Krankheit, am undichten Neopren, an Verletzungen nach Fußtritten, an was auch immer. Ich denke mit Respekt an sie, die -wie auch ich- vorher schon wußten, daß der Weg unserer Träume nicht frei sein kann von Fallen und Gefahr. Für mich wird er weiter gehen.
„Sag jetzt nicht: Warum für mich und nicht für die anderen, Nummer 2603! Denke jetzt nur an dich! Irgendwo hat alles seinen Sinn."
Ich gehöre zur großen Mehrzahl der Wohlbehaltenen. Glücklicher als manch anderer über das Erlebnis und das Ergebnis im Kanal, lasse ich mir auf die Beine helfen. Über den schwarzen Gummiteppich wate ich wie ein Kneippkurender in den grauen, regnerischen Morgen hinein. Mich fröstelt kaum dabei, das ist ein äußerst wohltuendes Zeichen von guter Form. Ich eile, meinen Beutel zu holen, dabei geht wieder ein leichter Stich durch die zuletzt ruhig gewordene Magengrube. Was ist, wenn einer versehentlich meinen Beutel genommen hat, und ihn, als er den Irrtum bemerkte, achtlos zur Seite warf? Dann werde ich ihn kaum mehr finden. So etwas mag vorkommen. Auch unter Sporsleuten und Traumsuchern gibt es Arschlöcher. Dies hier ist kein Hort der

Harmonie. Aber warum ausgerechnet mein Beutel? Beutel Nummer 2603 liegt selbstverständlich an Platz Nummer 2603.

„Hör endlich auf, dir Sorgen zu machen, Nummer 2603!"

Wie ein Kind sein Plüschtier schützend an den Körper drückt, halte ich meinen Beutel, als ich das weiße Wechselzelt betrete. Was ich da sehe tut meinem Wandererauge wohl: Das ist in vielfacher Ausführung das Chaos, das ich in Sekundenschnelle in die Zimmer von Gasthöfen zaubere, wenn ich erschöpft bin und meinen Schlafanzug aus dem Rucksack krame. Wild verstreut liegen weiße Leinenbeutel, Handtücher und Kleidungsstücke zwischen den orangenen Bänken. Der Weg meiner Träume führt nicht durch eine sterile Glitzerwelt. Hier herrscht Hektik. Mühsam finde ich ein Plätzchen auf der Ecke einer Bank. Das Zelt ist voller Athleten. Ich bin nicht abgehängt, bin mitten im großen Feld. Aber jetzt muß ich meine Gedanken konzentieren auf einfache Handgriffe: Herausschälen aus dem engen Schwimmanzug (wobei meine zweite Haut aus Wasser davonläuft), abtrocknen, das Radtrikot und Socken anziehen, das sind Kleinigkeiten, an denen sich jetzt nicht noch einmal meine Nervosität entzünden sollte. Es gibt klare Regeln: Das Aus- und Anziehen muß komplett im Zelt erfolgen. Am Rad dürfen nur Schuhe, Helm und Brille zu finden sein. Legst du den Neopren vor dem Zelt ab oder ziehst das Trikot erst hinter dem Zelt an, bist du aus dem Rennen, man würde keine Gnade walten lassen. Was für Spitzensportler gilt, die heute um ihr Auskommen für einige Monate kämpfen, muß auch für uns „Kleine" gelten, die ihre Bühne teilen. Hinter dem Zelt strebe ich zu meinem Rad, muß es dort finden, wo seit gestern Abend ein riesiger Fuhrpark von Velos steht. Genug Räder sind jetzt noch in den Ständern, mehr als 170 schätze ich. Das ist ein gutes Zeichen, schließlich bin ich mit den letzten 170 Schwimmern ins Wasser gegangen. Ganz genau habe ich mir heute Morgen nochmals eingeprägt, wo meine Maschine geparkt ist in den unendlichen Reihen. Ein Triathlet, der suchend durch die Wechselzone irrt, wird nicht nur schier verrückt und verliert Zeit, Kraft und Konzentration, er wird auch zum Gespött der Zuschauer. Und gelacht hatte man in der Schule über meinen vergeblichen Felgaufschwung. Das reicht mir bis heute! In Ständer Nummer 2603 wartet ein dunkelblau- weißes Rad mit eben dieser Ziffer am Rahmen. Ich ziehe es heraus, schieb es ein Stück über die Wiese und bin im Sattel. 180 Kilometer, ungefähr die mir vertraute Strecke von meiner Heimat bis zum Bodensee, soll mein Rad mich heute tragen.

Nicht alles auf dieser weiten Reise, so schießt es mir durch den Kopf, wird von meinen Kräften und meinem Durchhaltewillen abhängen. Wohl ist mein Untersatz fast neu, wohl ist er beim guten Fachhändler erstanden und vor kurzem nochmals inspiziert worden. Doch auch der kann nicht in jede Schraube kriechen, um mit hundert Prozent Garantie den übelsten aller Traumplatzer zu verhindern- einen Defekt. Ein paar gerissene Speichen oder ein blödes Kleinteil, das an einem Montagmorgen sein Werk verlassen hat, können mich alle Träume, alle finanziellen und ideellen Aufwendungen und den Sinn meines harten Trainings kosten. Es kann keine großen Wege geben, ohne das Risiko zu scheitern, vielleicht sogar schuldlos zu scheitern. Wege sind wie das Leben. Sobald du allerdings die Pedale in Schwung hast und die Nabe surrt, vergißt du, daß dein Rad kaputt gehen könnte. Die mit sieben Bar Druck gefüllten Reifen, die sensibel über jede Bodenwelle hüpfen, geben dir ein paradoxes Gefühl von Sicherheit.

Spätestens wenn sie ihre Räder besteigen, werden die im Neopren uniform wirkenden Triathleten zu selbstbewußten Individualisten. Knallbunt ist ihre enge Kleidung, auch die sündteuren Vehikel sind in ihrer jeweils einzigartigen Zusammenstellung oftmals regelrechte Kunstwerke. Nummer 2603 zeigt seinen Individualismus durch ein recht einfaches Rad, das unter allen anderen hier sozusagen zur „Golfklasse" zählt. Zwar reite ich auf dem teuersten Renner, den ich bisher besessen habe, aber es ist „nur" ein Produkt des klassisch italienischen Rahmenbaus, der seinen Kompromiss mit dem Werkstoff Aluminium gemacht hat. Für gebackene Carbonrahmen, Three- oder Fourspoke Laufräder, die wie schwarze Windmühlenflügel aussehen, freischwebende Federsättel, Scheibenräder oder hochgezogene Chalmalfelgen habe ich kein Geld ausgegeben. Einen vorwärts gezogenen Triathlonlenker hätte ich schon noch gern gehabt, aber als er nicht lieferbar war, habe ich das leicht überlebt. Dies liegt keineswegs daran, daß ich ein sparsamer Schwabe bin. Ich bin Wanderer und der liebt das Einfache im Leben. Zwar hatte ich unzählige Fahrradzeitschriften gelesen, doch ausschließlich Renn- und Reiseberichte, Satiren und Portrais. Den Technikteil habe ich so gut überblättert, daß mir glatt die Begrifflichkeit fehlt für manches, was ich an Hightech sehe an den Rädern, mit denen ich nun die Straße teile.

Auch meine Haare drücken den Eigensinn des Wanderers aus. Ich gehöre zu den wenigen, denen sie lang unter dem Helm hervorquellen. Die Haare von Sportlern sind kurz heutzutage, keine unsortierte Strähne darf ihren Eigensinn haben. So vieles im Erscheinen des Menschen kommt mir inzwischen technisiert vor, als seien wir schon geklont oder am Computer entworfen. Wanderer sind Naturburschen und stolz auf ihre Mähnen. Wohl gemerkt kenne ich in dieser Frage kein „Gut" kein „Böse", kein „Richtig" kein „Falsch". Ein Triathlet mit aerodynamischer Glatze und fünfzehntausend Mark teurem Superboliden unter dem Hintern kann durchaus mein Freund werden auf diesem Weg, der zum Frieden führen soll. Viel ruhiger bin ich bereits gestimmt als in der Enge des Wasserstarts.

Wir alle lassen uns freudig hinaustreiben über den kleinen Anstieg hinauf zur Brücke, die wir als Schwimmer noch aus dem Wasser wachsen sahen.

Zuschauer färben den Wegrand schwarz, jetzt sind sie Freunde geworden. Ich fühle mich fast schon heimisch auf dieser Bühne. Auf der Brücke ist ein kleines Spalier als Radweg freigesperrt worden. Die winkenden Arme zucken grotesk, weil unsere Augen sie bei Fahrtgeschwindigkeit nicht einzeln erfassen können. Ich kann einen Teil der Fröhlichkeit, die in den Rufen meiner Freunde liegt, mit hinausnehmen auf die einsamen Landstraßen.

Manch einer in den Reihen der Zuschauer hat seine Schultern hochgezogen und die gekreuzten Arme an die Brust gepresst. Die Leute friert. Mir ist es noch immer wohl im jungen, kühlen Tag, obgleich ich schon ziemliches Tempo aufgenommen habe und nur ein Kurzarmtrikot über dem hauchdünnen Triathloneinteiler trage. Das ist ein deutlicher und klarer Grund, noch mehr Mut zu fassen.

Wahrhaftig – der Wechsel gelingt mir ausgezeichnet. Ich habe guten Tritt gefaßt, schon nach wenigen Pedalumdrehungen gehorchen die Muskeln fest und sicher. Dabei war es schon immer der Übergang vom Schwimmen zum Radfahren, den ich mehr fürchtete, als den vom Radfahren zum Laufen. Oft wurde mir schon der kurze Heimweg vom Freibad zur Plage, weil ich nach dem Schwimmen kein Gespür für die Beinmuskulatur bekam. Fast so hatte sich das angefühlt, als bestünden meine Beine aus weicher Butter. Auch der Atem ging ungewöhnlich laut dabei. Heute trete ich wuchtig und sicher, als hätte ich soeben erst den Tag begonnen und nicht eine lange Strecke von 3,8 Kilometern im Kanal zurückgelegt. Manches ist auf diesem seltenen Weg tatsächlich anders – und zwar besser – als im Alltag. Mir soll es recht sein.

„Was hast du nicht schon alles an Gründen angesammelt, noch mehr Mut zu fassen, Nummer 2603? Auf den nächsten Kilometern trittst du ihn klein, den Zweifler in dir. Hast du das gehört?"

Oh ja, ich muß ihn weiter bekämpfen, meinen inneren Tiefstapler! Was hat mich im Vorfeld genötigt, diese Kurve hinab zur Schleuse argwöhnisch zu beäugen, weil sie abfällt, wobei Straße und Kurvenradius zunehmend schmaler werden? Jetzt fahre ich da hindurch, esse einen Riegel und steuere ganz lässig mit einer Hand, obgleich heute die Straße feucht ist. Die Kurve ist nicht so gefährlich, wie meine Vorstellung sie ausmalte. Zwischen der Schleuse und dem Örtchen Haimpfarrig ist das Tempo gut für meine Verhältnisse.

Das Verhältnis des Wanderers zum Fahrrad bringt manche Freude aber auch manche Schieflage. Selbst der Träumer in mir ist längst zu erwachsen, um ein Fahrrad zu lieben, wie Winnetou seinen Mustang liebte. Gerne gebe ich zu, dem Fahrrad viele träumerische Erfüllungen zu verdanken. Betrachte ich das Netz meiner Wege, so sind die weitesten Striche auf der Landkarte rot. Rot bedeutet Rennrad- oder Gepäckradtour. Das Fahrrad hat mir die meiste Entfaltung gegeben, die aus eigener, umweltgerechter Kraft möglich ist. Der ursprüngliche mechanische Gedanke, der noch heute dem Fahrradfahren zu Grunde liegt, ist so genial einfach, daß er einfach das Herz des Wanderers erobern mußte. Nie zuvor ist eine effektvollere Maschine erfunden worden als das Fahrrad. Bis zu 98 Prozent der vom Radler eingesetzten Kraft gehen unmittelbar in Vorwärtsbewegung über. Beim Laufen ist es weit weniger, und was herauskäme, wenn man versuchen würde, ein Auto mit Menschenkraft zu bewegen, ist allen klar. Das Fahrrad war lange vor dem Auto der Wegbereiter des modernen Straßenverkehrs. Heute ist es beliebt als Prototyp von umweltgerechter Mobilität.

Als „Schieflage" meiner Beziehung zum Fahrrad bleibt eigentlich nur der mangelnde Umgang mit Schrauben und Mechanik übrig, und die Ungewissheit, ob nicht ein Defekt mich aus dem Weg wirft. Allerdings könnte ein Reifenschaden dies nicht tun. Den Schlauch zu wechseln, das kriegt auch ein Träumer hin. Und der Wanderer hat Vorsorge gelernt- drei Schläuche stecken in meinem Trikot. Was aber ist, wenn ein Besoffener – unter den besten Zuschauern finden sich Idioten – eine Bierflasche auf die Strecke wirft, und der Flaschenhals meinen Reifenmantel zerschneidet. Da wär's schlichtweg vorbei. Ich müßte lernen, einen großen Traum zu betrauern. Vielleicht wäre es wertvoll und lehrreich fürs weitere Leben. Es gibt weit schlimmere Dinge auf der Welt. Da singt ein Altenpfleger viele Lieder davon.

„Fort mit den schwarzen Gedanken, Nummer 2603! Spüre lieber, wie schnell du bist!"

Eine breite Hauptstraße verläuft leicht abfallend nach Eckersmühlen. Hier kann ich schnell fahren, ohne mir wehtun zu müssen dabei. Die Biermeile – hier stand ich vor zwei Jahren noch auf der „falschen" Seite der Bühne. Bis mir die Arme weh taten machte ich mit bei „la ola", der Welle. Jetzt sehe ich die fliegenden Hände nur im Augenwinkel, und doch ist es gut, daß sie da sind. Ich brauche sie, obgeich ich auch Konzentration brauche für den scharfen Abzweig nach links. Hier in Eckersmühlen haben wir drei Kilometer zurückgelegt seit der Anlände Hilpoltstein. Jetzt biegen wir auf die 86,5 Kilometer lange Runde, die zwei Mal zu durchfahren ist. Bei der dritten Passage von Eckersmühlen dürfen wir geradeaus fahren, zum ersten Mal nach Roth, dem Ort, der diesem Triathlon den Namen gab. So weit allerdings kann und will ich noch nicht denken.

„Denke lieber daran, daß du nicht alleine hier bist, Nummer 2603!"

Alleine war ich auf vielen meiner Wege, auch jenen, die der Vorbereitung auf den „Ironman Europe" dienten. Das ist kaum anders möglich bei meinen Dienstzeiten, und es gibt nichts zu beklagen dabei. Alleinsein ist manchmal Last, öfters ist es Lust. Es gibt einen Unterschied zwischen „Allein" und „Einsam". Eines nur hat mir speziell beim Radfahren gefehlt in den letzten Monaten: Der Vergleich zu einem anderen Radler, der stark genug ist für den „Ironman". Meine Tritte hallten als unbeantwortete Fragen in die Landschaft hinaus. Würde auch ich stark genug sein? Erst der Tag der Wahrheit, das „Hier und Jetzt" kann mir die entgültige Antwort geben. Die erste Strecke ist alles andere als schlecht: Ein grandioses Konzert von 2700 pedalierenden Beinpaaren durch die Felder, Wiesen und Dörfer Frankens. Nur unser geistiges Ohr vermag es zu hören, denn Radfahren ist anders als Schwimmen und Laufen eine stille Sportart. Meine Beine aber, das ist sicher, spielen nicht falsch, fallen nicht aus dem Rahmen des Radlerorchesters. Die seit anderthalb Jahrzehnten mit intensiven Radfahren befaßten Nerven signalisieren, daß ich mich nicht übernehme, und meinen Tretrhyhthmus lange werde halten können. Es ist ein Rhythmus, der meinen Platz wahren hilft, im Hornissenschwarm von Triathleten. Wohl ziehen Radspezialisten an mir vorbei, deren Tempo für mich undenkbar ist, aber auch eine sich mehrende Zahl von Athleten bleibt hinter mir zurück. Der erste Vergleich mit der radsportlichen Wahrheit anderer bestätigt: Sie kochen alle nur mit Wasser. Und sie haben kein anderes Ziel als ich.

Doch Hürden der Wahrheit werden folgen, in Gestalt dreier Berge, deren Namen jeder von uns vor dem Start hersagen konnte: Selingstädter Berg, Kalvarienberg und Solarer Berg. Die ersten Hügel auf rauem Asphalt im dichten Wald vor Heideck sind kein echter Test, aber an der Steigung nach Selingstadt werde ich wieder mehr wissen, über mich und mein Verhältnis zu diesem Weg. Länge 1 Kilometer, Steigung 9 Prozent, nackte Zahlen sagen dem Radler nie die ganze Bergwahrheit. Er muß sie mit den Beinen tasten, fast wie der Blinde eine Skulptur mit seinen Händen begreift. Sie hängt von seinem Befinden ab und ist somit jeden Tag anders.

Was meine Beine nach Selingstadt hinauf spüren, läßt meinen Mut weiter steigen. Wieder einmal beweise ich mir, daß ich im Verhältnis zu meinen 90 Kilo Gewicht bei 190 Zentimeter Körpergröße ein guter Bergfahrer bin, was nur an meiner alten Begeisterung für Gebirgslandschaften liegen kann. Meine Position im Feld verbessert sich jedenfalls an diesem Berg. Natürlich probe ich nicht den sinnlosen, verschwenderischen Sprint. Ruhig im Sattel sitzend wuchte ich mich mit gleichbleibender Kraft der Kuppe entgegen. Oben kann ich mit kontrolliertem Atem „danke" sagen, als man mir eine neue Trinkflasche reicht. Meinen frisch durch die Steigung belebten Mut werde ich schon bald wieder auf die Probe stellen müssen.

Nicht weit nach der Passage des Dorfes Selingstadt folgt eine tollkühne Talfahrt – das ist mein radsportlicher „Pferdefuß" von den Anfängen bis heute. Niemals hat sich der Wanderer, der die Technik nicht liebt, so ganz auf die Haltbarkeit von Reifen verlassen mögen, wenn sie scharf die Kurven schneiden. Geschwindigkeit war mir nie ein frohes Spiel, sie war bestenfalls ein notwendiges Übel. Immer war der Träumer es, der sich ausmalte, wie weh es tut, mit großem Schwung über den Asphalt zu schleifen und sich die Haut aufzureißen. Gerade darum ist er immer am schlechtesten gefahren, wenn es bergab ging.

Ein weites grünes Tal mit verstreuten Dörfern hat sich als neuer, interessanter Horizont unseren Blicken geöffnet. Pfeilschnell pfeifen wir da hinunter. Glücklicherweise hat der Regen aufgehört, und die Abfahrt ist bereits getrocknet. Heute schneide auch ich die Kurven kühner an, als ich es jemals zuvor getan habe. Dies liegt nicht nur an meinem Rad, dem stabilsten, das ich bislang steuern durfte. Es liegt am verinnerlichten Wissen, daß es den Sieg ohne Risiko nicht geben kann. Hier ist eine nüchterne Möglichkeit, ohne körperliche Anstrengung ein bißchen Vorsprung auf die Sollzeit zu erhaschen. Einige werden vielleicht scheitern an diesem Versuch und hier oder anderswo schmerzhaft von der Straße fliegen.

„Wie vielen wird es so gehen, Nummer 2603? Fünfen oder sechsen vielleicht von 2700? Warum soll es ausgerechnet dich treffen?"

Manch einen habe ich inzwischen glatt überholt, dessen Rad den mehrfachen Wert des meinen hatte. Obwohl ich hier den Weg der Harmonie suche, mußte ich grinsen dabei, weil der da halt auch nur treten kann. Manche seiner Werkstattstunden hätte er lieber trainieren sollen. Auf der Ebene um Thalmässig haben speziell die vollverkleideten Hinterräder ihren Vorteil. Der Wind greift von schräg hinten hinein wie in ein Segel. Dies ist höchst selten, wie jeder Radler weiß. Vorher hat der Wind uns schon mit merklichen Böen gebremst und geplagt. Doch auf dem längsten, härtesten Weg findest du irgendwo noch eine Hilfe. Der Wind kann etwas vom Elan der Talfahrt bewahren. Meine Beine wirbeln flott ums Tretlager, die Fahrt wird zum nahzu spielerischen Dahingleiten. Ich weiß, auf die Zuschauer in den Orten wirkt das elegant, Radfahren ist eine äußerst ästhetische Sportart.

Jubel und Trubel in den Ortsdurchfahrten, Stille im freien Feld, das ist der Kontrast dieser Radrunde. Es ist auch ein Symbol meines Wandererdaseins. Oft war ich allein, aber nie einsam, weil ich wußte, wo ich meine Freunde finde. Zwei gigantische Fahnen hängen in Thalmässig über der Straße. Meine Hand greift nach ihrem Stoff, als ich darunter hindurchfahre, als müsse ich spüren, daß sie aus echtem Material sind. Plötzlich erscheinen mir diese zwei Fahnen wie zwei Finger meiner Fee, die auf die Straße zeigen.

„Schau her Nummer 2603, das hier ist die Straße deiner Träume! Hier und jetzt bist du dort, wo du immer hin wolltest. Genieße jeden Augenblick. Jeder Pedaltritt hier ist schon ein kleiner Sieg."

Meine Fee ist die Phantasiegestalt eines Wandersmannes, genau wie Hermann Hesses „Goldmund" der sinnesreiche Wanderer, meine liebste Romanfigur. Im Dahinsaußen mit Rückenwind vergesse ich leicht, wie stark ich mich mit ihm identifiziere. Natürlich kann ich im Hier und Jetzt des „Ironman" nicht tun, was er am liebsten tat: Schmiede bei der Arbeit belauschen, sinnierend vor einem Kirchenportal oder träumend an einer Weitsicht verharren und mich vielleicht von der Aussicht auf eine Liebesnacht im Heu beflügeln lassen. Ich muß ein Zeitlimit im Auge behalten. Nach 9 Stunden muß ich das Fahrrad abstellen, nach 15 Stunden am Festplatz in Roth einlaufen, sonst ist der Traum vorbei.

Trotzdem möchte ich am Bild des Wanderns festhalten für mein hiesiges Tun. Schließlich bin ich unterwegs zu neuen inneren Bildern, die so wuchtig und bizarr nur an der Grenze von Physis und Psyche entstehen können. Ich glaube gar, das größte aller inneren Abenteuer beim Verschieben der eigenen Grenzen erleben zu müssen. Noch ist nichts zu spüren davon. Da Spiel der Pedale ist gnadenvoll leicht, bis die Straße zur Autobahnbrücke steigt und einige Hügel in der Anfahrt auf Greding den nächsten Bergtest ankündigen.

Ein großes, silbernes Auto mit Digitaluhr auf dem Dach brummt links an mir vorbei. Ihm folgen zwei Motorräder mit rücklings sitzenden Fotografen auf dem Hintersitz, die riesige Teleobjektive in den Händen halten. Oft genug stand ich am Rande großer Sportveranstaltungen, daher weiß ich, was das zu bedeuten hat: Die Spitze des „Ironman Europe" wird uns in wenigen Augenblicken überrunden. Eine Stunde und zwanzig Minuten vor uns sind die großen Cracks heute in den Kanal gestiegen. Jetzt sind sie bei Radkilometer 122,5 angekommen, während ich noch bei Kilometer 36 dahindümple. Zum Glück habe ich die Gedanken nicht frei, um die sich daraus ergebende Kopfrechnung zu lösen. Die könnte den Normalbegabten depremieren. Ich sehe nur ein flüchtendes Bild, bin mobiler Zuschauer, werde nie etwas anderes sein im Verhältnis zu diesen Stars. Startnummer 1 Lothar Leder und Startnummer 3 Andreas Niedrig - zwei Hightechradler fliegen vorbei wie Wolken im Wind. Unsereiner klebt sehr fest am Boden derweil. 25 Stunden am Tag hätte man mich mein Leben lang trainieren können, ohne dass ich annähernd die Kraft und die Schnelle dieser Jungs erreicht hätte. Doch folgen die Blicke von Nummer 2603 den beiden mit Respekt und ehrlich empfundener Neidlosigkeit. Zu viele erfüllte Wege schmücken mein Dasein, und zehn Jahre Dienst am Menschen kann mir keiner mehr nehmen. Deshalb ist es mir mehr als genug, heute als „Kleiner" diese Bühne teilen zu dürfen. Lange vorbei ist die Zeit, da ich eigene Wünsche in Idole projezieren mußte. Ausdauer habe auch ich, sie ist das Privileg des Normalbegabten, und ich besitze die Zähigkeit und die Erfahrung des Wanderers, der immer irgendwie ans Ziel kommt. Das muß reichen, am Festplatz in Roth den Fluchtpunkt meiner Sehnsucht zu finden.

Logischerweise ist mir von allen 2700 Geschichten, die um diese Strecke zirkulieren, die meine – die Geschichte Nummer 2603- am bekanntesten. Im Bewußtsein der Allgemeinheit ist wahrscheinlich die Geschichte der Nummer 3 am geläufigsten, denn Andreas Niedrig hat sie mutig bekannt und für ein bemerkenswertes Buch offenbart (Jörg Schmitt-Kilian: „Vom Junkie zum Ironman", Kreuz- Verlag Stuttgart). Es erzählt die Geschichte einer klassischen Drogenlaufbahn, die haarscharf am bitteren Ende vorbeischrammte. In Liebe zu seiner Familie hat Andreas den Absprung geschafft. Ein Waldlauf mit dem Vater weckte gesunden Ehrgeiz in ihm. Bald entdeckte er ein Talent in sich, mit dem nur wenige auf der Welt gesegnet sind. Heute ist er ein „Ironman" der absoluten Weltklasse.

Mit Drogen hat auch Nummer 2603 seine Erfahrungen, allerdings sind diese – wohlgemerkt – rein passiv. Eine Paralelle hat mich sehr schockiert, die ich fand in den Charakteren all der vielen Medikamentensüchtigen, Alkoholikern und Depressiven, die mir beruflich über den Weg liefen. Sie waren fast ausschließlich extrem feinfühlige Menschen, wurden von seelischen Schwingungen erschüttert, die kein anderer registriert, waren leichtes Ziel für jedes feindselige Wort und hatten keinen Filter für all die Schreckensbilder unseres Daseins. Nie waren es gedankenlose Proleten, es waren wertvolle, oft sehr kunstsinnige Leute. Sie wären meiner Hilfe wert gewesen. So gut wie nie aber konnte ich ihnen helfen. Unerfüllt und ernüchtert sah ich sie zu Grunde gehen. Solche Erkenntnis liegt noch unverdaut auf meiner Seele. Sie ist viel schwerer zu tragen als das Erleben normaler, naturgegebener Vergänglichkeit. Manchmal glaube ich selbst, vielleicht als Opfer der Drogenfalle prädestiniert gewesen zu sein. Vielleicht war es die Vorsehung, die mich vor dem Kontakt mit entsprechenden Kreisen bewahrte. Hätte die Sucht meine „Pamir" sein können, mit der meine Träumerseele im Ozean falscher Träume untergegangen wäre? Immerhin hatte ich durchaus eigene Stärke, die mich schützte. Nie nahm ich eine Zigarette in den Mund, und nach dem ersten Nippen an Sekt und Bowle, „passierte" mir am sechzehnten Geburtstag die allerbeste Idee. Ich meide jeglichen Alkohol bis heute. Inzwischen hat manche Erfüllung auf meinen Wegen meine Abwehr fester gemacht.

Dem Andreas Niedrig wünsche ich von Herzen die wahre Erfüllung seiner Träume. Daß er von einem „Ironman"- Sieg träumt, ist bekannt.

Ich träume vom Ankommen – „nur" vom Ankommen, wie es nach üblicher Lesart unserer bitterharten Zeit heißt. Nächster Prüfstein auf dem Weg dahin ist der Kalvarienberg, die höchste Zacke im Profil der Strecke. Ich nähere mich mit Respekt, denn schon viel zu früh im Städtchen Greding habe ich auf einen leichten Gang geschaltet und geige mit unökonomisch schnellem Tritt durch ein paar flache Abschnitte. Erst als der Berg sich tatsächlich aufbaut, bekommt meine leichte Übersetzung ihren Sinn. Das optische Bild der ersten scharfen Rampen im Städtchen hat viel mehr Wucht als sein in Zahlen gefaßtes Bild – zehn Prozent Steigung auf 1,5 Kilometern Länge. Meine Phantasie läßt den Berg noch etwas wachsen, weil sie weiß, hier ist schon öfters die Vorentscheidung gefallen. Auch die Zuschauer wissen das und umstellen in dichten Reihen die Straßenränder. Es ist ein Volksfest, mit Stimmgewalt und ausgesuchtem Instrumentarium zaubern sie Tour- de- France- Atmosphäre an den Berg. Hautnah am Geschehen steht der Animator mit seinem Mikrophon. Er liest Rückennummern aus dem Feld, so viel er kann, und gibt den entsprechenden Athletennamen bekannt. Die Nummer 2603 liest er nicht heraus, denn ich stecke in einem dichten Radlerschwarm. Ich bin eitel genug, dass mich das ein wenig fuchst. Aber ich habe gute Augenblicke auf der beeindruckenden Bühne des Kalvarienberges.

So stark wie hinauf nach Selingstadt, fahre ich auch durch die Außenbezirke Gredings hoch zum grünen Plateau. Ich sitze im Sattel und mein Tritt ist rhythmisch und wuchtig. Es ist ein guter Moment am Ort meiner Träume, den keiner mir mehr nimmt. Früher als pubertierender Fußballer hätte ich solch einen Moment geliebt, auch wenn er bei einem Spiel stattfand, das insgesamt ganz fürchterlich versiebt wurde. Heute bin ich fest entschlossen, mein Spiel zu gewinnen, ich will ins große Ziel, ich will, ich will, ich will. Wenn es so weitergeht wie am Kalvarienberg, wird mein Wille siegen. Ich glaube nicht, von einer tückischen Euphorie belogen zu werden.

Droben, wo die Steigung langsam ausläuft und das Spalier der Zuschauer dünner wird, gewinne ich ohne mein Zutun ein weiteres Stück Freude und Zuversicht. Da steht eine blonde junge Dame aus einer tschechischen Reisegruppe, deren Zelte nahe dem meinen errichtet sind. Noch gestern Nachmittag mußte ich ihr mit den kläglichen Resten meines Schulenglisch meine Startnummer zusammenstottern. Sie hat im Programm nachgeschaut, und jetzt ruft sie meinen Namen. Es ist sicher eine kleine Geste, aus der Nummer 2603 einen „Marco" zu machen, doch in emotional extremen Momenten werden kleine Gesten groß. Das weiß der Altenpfleger, der Sterbenden durchs Haar strich. Mein „Hier und Jetzt" auf der Bühne meiner Träume ist ein extremer, mit positiven Emotionen besetzter Moment. Deshalb macht es mich froh, daß eine einzelne Frau „Marco" ruft.

Es ist geistige Nahrung für die schweren Tritte am windbestrichenen Hochplateau. Hier tut das „himmlische Kind" uns nicht mehr den Gefallen, von hinten zu wehen und Antrieb zu sein. Der Wind packt uns von vorn an der Brust, ist zum sadistischen Quälgeist geworden. Der Wind ist kein ehrliches Gegenüber wie der Berg, der mir offen seine Schwierigkeiten und meine Fortschritte zeigt, und mich oft mit einer herrlichen Aussicht belohnt. Er ist eine heulende, unsichtbare Hand, die mir jeden Elan nimmt, mich hilflos wütend macht und an meiner Moral frißt. Hätte es meine Fee wirklich gegeben, und sie hätte mir zwei Sonderwünsche für die Radstrecke genehmigt, die Wünsche hätten gelautet: Bitte keinen Defekt, bitte keinen Wind. Aber es gibt keine Fee, es gibt auch keine Sonderwünsche. Wenn der Wind bläst an diesem 8. Juli 2001, dann müssen wir uns durch den Wind bohren. Diesen Weg muß ich nicht alleine gehen. All die Burschen hier leiden im Wind. Jeder spricht mit sich selbst in zweiter Person, wenn er es schwer hat im Leben. Ich habe der inneren Stimme ein Gesicht verliehen – ein kindliches Spielchen, das auf meinem Weg der Wahrheit erlaubt ist. Es hält meine Seele ruhig. Ich weiß doch, daß nichts verloren ist, solange sich die Beine ums Tretlager drehen. Und irgendwann wird die Straße wieder in ein geschützteres Tal fallen.

Der Träumer und Grübler empfindet eine erfrischende Gelöstheit, sie inspiriert ihn tatsächlich zu einer brauchbaren Schußfahrt. Die Abfahrt ist steil – zehn Prozent Gefälle auf zwei Kilometern – und sie schlägt im Wald, wo die Straße stellenweise noch feucht ist, einige knifflige Serpentinen. Nummer 2603, die vor langen Jahren in Radsportkreisen als Hasenfuß, als Antiheld jeder Talfahrt bekannt war, macht hier und jetzt 2 Plätze im Feld gut. Ich habe meinen Frieden gemacht mit dem Risiko. Wohl verkenne ich nicht die Gefahr des Sturzes, aber ich „überträume" sie nicht mehr, wie dereinst, als sie so übergroß vor meinem geistigen Auge stand. Ich weiß, meine Hand steuert sicher und fest. Die heile Ankunft im Tal ist beinahe selbstverständlich.

„Einen Berg hast du aufgeworfen und bestiegen, Nummer 2603, einen ganzen Berg an wohltuender Zuversicht und frischer, heller Selbsterkenntnis. Fühle dich gut da droben! Schau in die Weite nach dem fernen Ziel und verliere es nicht mehr aus den Augen!"

Möglicherweise „überträume" ich nun die positive Möglichkeit. Mir ist so, als hielte eine reale Fee die Hand über mein Rad. Da wird keine Schraube knallen, ich werde nicht als Gestürzter über den Asphalt schleifen, und auch meine drei Ersatzschläuche werde ich 180 Kilometer durchs schöne Franken spazierenfahren und wieder mit nach Hause nehmen. Plötzlich meine ich, das ganz genau zu wissen, obwohl kein Mensch es wirklich sicher wissen kann. Noch immer kann ein ungeahnter Schlag des Radlerschicksals meine Freude und Zuversicht in einem einzigen Moment verwischen. Meine Beine kreisen alsbald schwerer und gefühlsärmer ums Tretlager, weil die lange Talfahrt sie ausgekühlt hat.

Die Asphaltbahn im letzten Drittel der ersten Runde birgt so viele böse Stellen, an denen ich ein leichtes Ziel der Schwäche sein kann. Steigung folgt auf Steigung, kein richtig hoher Landschaftszahn wie der Kalvarienberg ist dabei, aber schon auf dem trockenen Papier des Streckenplans sah diese Passage aus wie ein endloses Sägeblatt. Der Kalvarienberg ist ein ehrlicher Kerl, mit dem klargekommen kann, wer den richtigen Rhythmus von Atmung und Pedaltritt findet. Hier an diesen unzähligen Bergelein habe ich gerade eine Ahnung von Ryhthmik, schon wird sie wieder von einer kurzen Talfahrt gebrochen. Und die Abfahrt wiederum ist viel zu kurz, als daß ich auf ihr verschnaufen und Erholung finden könnte. Ich empfinde die ständige Abfolge kleiner Anstiege als scheinbar nicht endende Treppe, wobei jede Stufe ein kleiner Kampf für sich ist. Und ist es einmal flach, weht uns garstiger noch als zuvor der Wind entgegen. Das Spiel meiner Beine hat keinen Gleichklang mehr. Schmerz kriecht von den Knien ausgehend nach oben und unten. Es ist ein Schmerz, mit dem zu rechnen war, Sorge macht mir anderes. Jetzt, wo ich über Stunden schon im Fahrradsattel sitze, treffen mich plötzlich körperliche Probleme, die ich als Schwimmer viel eher erwartet hätte. Am frischen Morgen hatte sich Nummer 2603 wohl und warm gefühlt, und meine Arme hatten so ruhig wie nervenfreie Gummizüge durchs Wasser gekrault. Ausgerechnet jetzt bei Radkilometer 70 friert mich ganz erbärmlich und Arme und Schultern tun bösartig weh. Das ist das Zeichen der Krise. Der aktuelle Hügel wird zum Problem. Ans ferne Ziel kann und will ich nicht mehr denken. Noch mehr als 100 Kilometer Rad zu fahren und 42,2 Kilometer zu Laufen ist ein unmöglicher Gedanke in meinem Zustand. „Ironman" heißt „eiserner Mann", ich kann mir diese Auszeichnung nicht erschleichen. Vielleicht bin ich nicht aus Eisen, und bin noch so weit entfernt von meinem Traum, wie damals, als ich ihn erstmals träumte.

„Töte deinen Glauben nicht, Nummer 2603. Behalte ihn in der Hand, deinen Strauß voll Zuversicht. Auf wie vielen langen und schweren Wanderwegen hast du ihn gepflückt? Haben diese Wege nicht den Unterschied zwischen Krise und Ende gelehrt? Dann wären sie wertlos gewesen für den heutigen Tag. Oft ist die Lösung näher als du denkst. Siehst du die lange Reihe von Bänken und die freundlichen Helfer da vorne am Waldesrand?"

Sollte es wirklich ganz schlicht an der Ernährung liegen? Keinen groben Fehler glaube ich begangen zu haben in dieser Hinsicht. Genau an den Stellen, die ich bereits im Vorfeld dafür ausgesucht hatte, nahm ich meine halben Powerriegel vom Fahrradrahmen und schob sie in den Mund. Ab und zu ließ ich mir an der Verpflegung noch eine halbe Banane geben. War das noch immer zu wenig? Normalerweise äußert sich der Hunger in Schwächegefühl und leichter Übelkeit. Davon ist keine Spur in mir. Aber auf einem langen Trainingsritt in diesem Frühjahr bekam ich schon einmal heftige Schmerzen, hinter denen auschließlich der Hunger steckte. Weit, sehr weit konnte ich damals noch fahren, als ich ihn behoben hatte. Ich greife auch jetzt nach dieser Lösungsmöglichkeit, nehme einen weiteren Powerriegel, den sie mir an der Verpflegung am Waldrand bieten. Der Hügel danach geht mir schon besser von den Beinen als der Hügel davor, und am übernächsten Berg lösen sich Verkrampfung und Angst in neuer Zuversicht auf. Es lag an der Nahrung – ganz einfach an der Nahrung. Ich sollte den Weg meiner Träume niemals mehr als Märchen erleben. Die Lösung der Probleme hier sind nicht aus „Tausend und einer Nacht", meiner vertrauten, nüchternen und wohlbekannten Welt kann ich sie entnehmen. Der Radfahrschmerz hat wieder ein sehr erträgliches Maß genommen, das Frösteln und das dumpfe Ziehen in den Schultern hat ganz aufgehört.

Auch im Herzen wird mir sogleich wieder ganz warm. Fast am Ende der Achterbahn von Hügeln liegt Hilpoltstein, meine Wandererheimat seit fünf Tagen. Am kalten Asphaltband dem Dorf Solar entgegen wird heute frohes Leben toben - grandioser noch, als ich es mir jemals hätte ausmalen können. Da feiern sie – zehntausend Menschen oder mehr sollen es sein - entlang eines einzigen Straßenkilometers das herrlichste Fest unserer Sportart. Solarer Berg - das ist jedem Triathleten ein Begriff, wie dem Eisenbahner die Rheintalstrecke oder dem Bergsteiger der Hillary Step am Mount Everest. In gespannter Vorfreude rase ich mit wohl siebzig Sachen nach Hilpoltstein hinab. Im Ort bremsen ein paar Ecken meinen Schwung. Dann durchfahre ich die große Bühne. Würden diese Menschen hier für ein politisches Ziel demonstrieren, ihr geschlossener und lärmvoller Auftritt fände Gewicht, doch begeistern sie sich nur für friedvolles und zweckfreies Tun. Ein schwarzbunter Menschenteppich hat sich über den Berg gelegt. Das Gedränge der Zuschauer ist so intensiv, wie ich noch kaum eines gesehen habe (ich drängte mich oft am Rande von Sportbühnen!). Jetzt steche ich wie eine Nadel hinein, mitten in den wilden Menschenteppich. Weiter oben, wo keine Absperrgitter sind, liegt er so dicht über der Straße, dass ich keine Ahnung mehr habe, wo eigentlich meine Fahrbahn sein soll. Erst wenige Meter vor unseren Vorderrädern zerspringt der Menschenhaufen auf wundersame Weise in zwei Jubelwände rechts und links. Ich streife sie manchmal mit den Ellenbogen. Die Spaliere ziehen als dunkelgraue Schleier vorbei, wie Irrlichter tanzen dabei Tausende winkender Arme vor meinen Augen. Ganz selten nur fixiert mein Blick ein einzelnes Gesicht aus der Masse. Manchmal gelingt es doch – auch bei den vertrauten Gesichtern meiner Eltern. Aber eigentlich ist jeder hier mir tief vertraut, auch wenn ich ihn nur als bunten Stofffetzen wahrnehme. Freunde sind das hier, nichts als Freunde. Wie laut diese Freunde sind – ihre Anfeuerung drückt mir auf die Ohren wie Wasser beim Tauchen in drei Metern Tiefe. Welch laues Lüftchen sind all die Gesänge in Fußballstadien dagegen! Ich bin glücklich hier, dazu muß ich kein Träumer sein. Ein trauriger Narr wäre, wer die Augenblicke von Solar nicht als Glücksgefühl begreift (auch Spitzensportler tun es, die um puren Ertrag kämpfen). Oh Mensch, du Narr, was stellst du nicht alles an, um deinesgleichen richtig weh zu tun? Heerscharen von Wissenschaftlern arbeiten an Methoden von Krieg und Zerstörung. Gutes zu tun, dem anderen ein Stück Frieden zu schenken, das kann so einfach sein. Es genügt an einem Berg zu stehen, um ein paar Radfahrer anzufeuern. Die Seele der Radler ist oben am Berg glücklicher geworden, als sie es unten noch war.

Wenn du dich ein wenig eingefühlt haben solltest in meinen Weg zu diesem Traum, wirst du jetzt auch den leichten Tränenschmerz in meinen Augen verstehen. Ich bin reich im Herzen, allein weil ich dieses „Hier und Jetzt" auskosten kann. Auch das Klischee von der Gänsehaut muß noch kommen beim Erzählen darüber. Sie ist einfach da, diese Gänsehaut. Ich könnte Möhren reiben an ihr...

Ein anderes Bild wird mir noch bleiben vom Erlebnis „Solarer Berg". Viel schwerer war es mir bei meiner träumerischen Mentalität, diesen Wert zu erlangen, als das Bild der fantastischen Zuschauermassen mit heißem Herzen zu lesen. Gut bin ich gefahren zwischen Hilpoltstein und Solar, nicht nur gut bezüglich meiner wiedererlangten Kräfte, sondern auch gut hinsichtlich meines beherrschten und nüchternen Fahrstils. Die Begeisterung der Leute ist pure Stimmulanz, sie ist wie ein Doping ohne Spritzen, wie ein Rausch ohne Gift. Verführen will sie dich, an die Leistungsgrenzen zu gehen mit dem wildesten Bergsprint, der dir möglich ist. Stets ist der Schmerz in den Beinen mein „Tacho" gewesen, der mir genau sagte, wie weit ich mit dem Tempo gehen darf, ohne die äußersten Reserven zu verletzten. Hier und jetzt fällt dieser „Tacho" aus. Da ist kein Schmerz mehr in den Beinen. Pures Adrenalin scheint durch meine Adern zu fließen. Dennoch macht Nummer 2603 keinen Tritt zu viel, fährt unterkühlt und überlegt im Tempo, das sie auch fahren würde, wenn sie ganz alleine hier wäre. Im größten Trubel, in hellster Freude vergesse ich nicht, wie unglaublich lang mein Weg noch ist, und wie schnell der Katzenjammer folgen kann auf den Rausch von Solar. Noch vor dem Marathonlauf könnte er mich einholen. Nicht alle verkneifen sich den wilden Tanz mit Berg und Stimmulanz. Nummer 2603, der sich selbst als Träumer bezeichnet, fährt mit lachender Seele und kalt berechnenden Reserven hinauf nach Solar. Träumer und Realist in mir geben sich so fest die Hand, wie kaum einmal zuvor.

„So ist's gut, Nummer 2603. Genau so machst du weiter, und ich gebe dir Garantie auf die Erfüllung deines größten Traumes."

Wie zuvor der Kalvarienberg mündet auch der Anstieg von Solar in ein grünes Hochplateau. Letzten Mittwoch bin ich hier ganz allein auf meinem Trekkingrad herumgefahren. Da lag noch glühende Hitze über den Wiesen und Feldern, und der Wind pfiff noch wilder, als er es heute tut. Mein Weg über die spektakuläre Bühne des Frankenlandes ist schon jetzt so lang und reich, damit ich an diesem Sonntag meine, der letzte Mittwoch sei vor einem Jahr gewesen. Trotzdem ist mir die Gegend hier vertraut, und vertrautes Terrain ist immer ein wenig leichteres Terrain. Obgleich der suchende Abenteurer sich nicht das ganze Gelände des „Ironman" zuvor vertraut gemacht hat, empfindet er auch das als kleines Geschenk auf dem langen Weg. Ein lächerlicher Hügel ist noch zu nehmen, bevor die Straße diesmal von der anderen Seite nach Hilpoltstein hineinstürzt. Hilpoltstein – hier kenne ich inzwischen die Läden, die Straßen, ein paar Lokale, die Altstadt, die Burg. Die Passage der Ortschaft ist mein „Heimspiel" auf der Bühne des „Ironman." An meinem vertrauten Einkaufsweg steht seit Tagen schon ein weiß- blaues Schild mit Aufschrift „Kilometer 170", es wurde mir zum kleinen Nebentraum, so weit erst einmal zu kommen. Noch ist er unerfüllt, denn eine Radrunde von fast 90 Kilometern mit Schlaglöchern und unbekannten Fallen ist noch zu fahren im wieder auffrischenden Wind. Da ist wieder die Brücke über den Kanal, die in den Morgenstunden so spektakulär vor meinen Schwimmeraugen aus dem Wasser wuchs. Sie ist noch immer belebt, und irgendwo in der Menge stehen Menschen in Blau und Gelb. Das sind unsere Farben, die Farben von Nonplusultra Esslingen. Fröhlich winken die Blaugelben mir zu. Es ist noch gute Stimmung hier oben, obgleich die Spitze des Rennens längst beim Marathonlauf zu bewundern ist. Dieser Applaus beglückt die Startnummer 2603 dermaßen, dass ich an der Tatsache vorbeiträume, weit weniger als zehn Meter Abstand zum Vordermann zu haben. Auch das nahende Motorrad höre ich nicht, bis es an meiner Seite ist, und ich beinahe in eine Falle getappt wäre.

Auf der Rückbank sitzt kein Fotograf, sondern ein Kampfrichter. Er schaut böse drein, wie ein strenger Lehrer, und seine Handbewegung ist eindeutig. „Abstand Junge, sonst...“ Eisiger Schreck durchzuckt mich, denn der Bursche da hat die Macht, mich all meiner Träume zu berauben. Er darf mich als Radler von der traurigen Gestalt zu meinem Zelt schicken. Die Strafen für Delikte wie verbotene Nahrungsaufnahme, Verstoß gegen die Straßenverkehrsordnung, Unsportlichkeit oder – in diesem Fall - Verletzen der Windschattenregel, sind dem Fußball abgekupfert: gelbe Karte heißt Verwarnung, wer Rot sieht, muß ausscheiden. Gott sei Dank streckt mir der da keinen bunten Karton entgegen. Sauer bin ich trotzdem auf ihn. Es kreisen wahrscheinlich noch über 2000 andere um den Kurs, muß er hier und jetzt ausgerechnet nach mir schauen? Ich war dem Vordermann nicht so nah, damit ich wirklich vom Windschatten hätte profitieren können. Vorher in der Hügelkette, da sah ich einen, der dem anderern am Hinterrad klebte, daß sich die Reifen fast berührten. Da hat kein Hahn danach gekräht. Ich besitze, neben all meinen menschlichen Schwächen, gerade in solchen Dingen eine fast biedere Ehrlichkeit. Für wen fahre ich denn hier? Nur für mich allein, für meinen inneren Wert. Und könnte ich mich selbst belügen, indem ich den Windschatten anderer ausnütze, um mir danach zu sagen, ich hätt′s allein gemacht? Nein! Außerdem bin ich Wanderer, der gewöhnt ist, seine Wege ohne fremde Hilfe zu gehen. Das würde ich dem gern mal sagen. Aber lieber noch soll sein Fahrer am Gashahn drehen, damit er mir aus den Augen kommt.

Nüchtern betrachtet gibt es keinen Grund für mich, auf den Kampfrichter böse zu sein. Er macht einen wichtigen Job, und er macht ihn korrekt. Ein Aufheben der Windschattenregel wie auf der olympischen Kurztriathlondistanz nähme dem „Ironman“ seinen Charakter als abenteuerlicher Einzelkampf, den gerade ich so liebe. Also muß es Regeln geben, für die Cracks und die „Kleinen“. Regelkonforme zehn Meter Abstand hatte ich nun einmal nicht eingehalten. Eine Ermahnung durch Armbewegung ist keine übertriebene Sanktion dafür. „Oh Nummer 2603, du sensible Träumerseele. Eine Viertelstunde grübelst du nun schon über einen kleinen Rüffel, den andere in der Sekunde vergessen. Laß das heute bitte sein! Oft genug schon bist du dir durch solche Grübeleien selbst im Weg gestanden. Konzentrier dich einfach ein bißchen besser auf den Abstand! Keiner will dich aus Bosheit von der Bühne deiner Träume zerren."

Bei der Passage von Eckersmühlen denke ich endlich anderes, ganz banales. Es riecht nach Grillfleisch hier, wo die Zuschauer mit der Bezeichnung „Biermeile" gelockt werden. Es ist Mittagszeit und viel lustvoller wäre jetzt ein Biß in herzhaftes Fleisch, als das stupide Verschlingen der pappsüßen Powerriegel. Doch zwei Jahre zuvor beneidete ich als Zuschauer die Protagonisten der großen Bühne viel mehr, als ich die Außenstehenden jetzt um ihr Mahl beneide. Also weiter mit strikter Disziplin.

Einmal noch muß ich nach links, bei der dritten Durchfahrt erst darf ich geradeaus rollen, dem vielleicht herrlichsten Kampf entgegen. Ich kenne die Runde jetzt, und ich habe Erfahrung im Marathonlauf. Der „Ironman" ist zur vertrauten Größe geworden. Nüchtern liste ich alle markanten Punkte der Radstrecke auf, die ich mir nach einmaliger Durchfahrt merken konnte: Die rauen Sträßchen und ersten Hügel im Wald vor Heideck, den Selingstädter Berg, die erste wilde Talfahrt, die Rollerstrecke um Thalmässig, den Kalvarienberg, das windbestrichene Hochplateau, die kühn verschlungene Abfahrt über zwei Kilometer, die Achterbahn von Hügeln, die Felder, der Solarer Berg (vielleicht ist er schon wieder zum nackten Asphaltband geworden), und zum Ende hin die „Ehrenrunde" über flaches und wohlvertrautes Terrain. Kleiner wird, was dir bekannt ist, und es wird weniger zu erzählen geben als beim ersten Mal. Aber immer noch sind gute drei Stunden zu fahren, und Sekunde für Sekunde kann eine Katastrophe passieren.

„Und wenn sie ausbleibt, Nummer 2603? Die Wahrscheinlichkeit ist hoch. Ist dann noch irgendetwas auf der bekannten Runde, was deine geistigen und körperlichen Fähigkeiten übersteigt? Bestimmt nicht! Auch ein Marathonlauf ist deine Kragenweite. Auf den hundert Kilometern von Biel hast du schon einmal deine Grenzen gesprengt. Denke immer daran!"

Kein Chronometer hängt am Handgelenk von Nummer 2603, und man könnte meinen, der Träumer habe Angst vor einer unbarmherzig tickenden Wirklichkeit gehabt. Er würde kaum wiedersprechen. Doch ganz nüchtern gesehen habe ich über zwanzig Jahre Erfahrung im Sport, und mein Körpergefühl ist und bleibt der zuverläßigste aller Ratgeber. Was hätte ein Chronometer genützt, der mir gezeigt hätte, daß ich zu langsam und zu schwach auf diesem Weg bin? Er hätte mich nur verzweifeln oder verkrampfen lassen. Jetzt aber steht mir die klobige Uhr an einem Dorfkirchlein unübersehbar vor Augen. Die Wahrheit darauf ist gute Wahrheit. Vor knapp drei Stunden habe ich diese Uhr zuletzt gesehen, was bedeutet, daß ich nahezu dreißig Stundenkilometer im Schnitt gefahren bin. Ich laufe nicht mehr Gefahr aus der Sollzeit zu fallen. Ich könnte noch alle meine drei Ersatzschläuche aufziehen, zwischendurch in einem Lokal essen gehen und trotzdem vor den vorgeschriebenen neun Stunden auf die Laufstrecke wechseln. „Liebe Nummer 2603, die Sollzeit war für dich nie eine Gefahr. Dazu bist du zu stark. Glaube das endlich!"

Lässig will ich nicht werden. Konzentriert muß ich weiter fahren, um ein Zeitpolster für den Leidensweg auf der Marathonstrecke zu behalten. Ein bißchen will ich noch stark bleiben, so stark wie bei Radkilometer 106 und Passage des Selingstädter Berges. Ein fast wohliger Schmerz kriecht hier durch die Beine, der erst auf der folgenden Abfahrt ein wenig dumpf und unangenehm wird. Es ist ein Schmerz, der mich nicht depremiert, sondern anspornt. Schließlich ist auch er wohlvertraut von so vielen meiner Wege. Tausendfach habe ich diesen Schmerz überwunden auf meinen Wanderungen zu Rad und zu Fuß. Hier, am Ort meiner Träume, klingt er nicht anders als sonst. Nichts ist aus einer anderen Welt bislang.

Die flache Passage im Tal von Thalmässig erlaubt im Rückenwind noch immer einen locker flotten Tritt, der einen Teil der Schmerzen -einer mobilen Massage gleich- wieder aus den Schenkeln schmeichelt. Diese Straße bringt mich auf erträgliche Weise dem Ziel meiner Träume eine mächtiges Stück näher. Auch sie gehört zu den Gnaden des langen „Ironman". Am Kalvarienberg wird er wieder gnadenlos sein, aber nochmals durchschaubarer werden, sobald ich die Kuppe erreiche. Nur das, was in mir, in meinem Körper, in meinem Geist noch geschehen können wird, das ist und bleibt bis zuletzt die große, abenteuerliche Unbekannte. Sie wird die Spannung halten bis zum letzten Schritt.

Die Menschen in den Orten haben Sitzfleisch bewiesen. Sie feiern noch hier am abgelegenen Teil der ausschweifenden Radstrecke während wir „Kleinen" passieren und die großen Cracks nahe Roth schon bald eine Entscheidung finden werden. Die Fahnen, aus denen meine Vorstellung die Finger meiner Fee zauberte, kann ich diesmal nicht mit der Hand berühren, weil der Wind sie hoch über unseren Köpfen winken läßt.

Ein Kamerad aus der sich weiter dehnenden und ausdünnenden Radlerschlange verweigert dem weiten Weg auf eigentümliche Art seinen Respekt. Ich habe ihn lange schon im Auge und bin ihm näher gerückt. Plötzlich bin ich ganz bei ihm, denn er hat die Beine hochgenommen und fummelt in der Satteltasche, die mir irgendwie übergroß erscheint. Vielleicht hat er noch mehr Ersatzschläuche einstecken, als ich mit meinen drei. Hat er jetzt tatsächlich Defekt? Weit gefehlt, er zaubert aus der Satteltasche eine weiße Tupperschüssel hervor. Auch eine kleine Gabel hat er dabei. Freihändig fahrend beginnt er, seinen Reissalat zu vespern. Ich kann´s nicht unterlassen, ihn nach einer zweiten Gabel zu fragen. Er speist, und ich spaße auf dem langen Weg, dem wir uns hier und jetzt gewachsen fühlen. Der Bursche lächelt ohne mich zu verstehen. Vielleicht ist er Ausländer. Auf jeden Fall ist er mein Bruder im Wanderergeist, denn auch ich trug auf vielen meiner Wege einen Rucksack, in dem vorgesorgt war, weil ich nicht wußte, nach wie vielen Stunden ich wieder ein Lokal oder einen Laden finden würde. Heute aber habe ich mich – von den Powerriegeln am Fahrradrahmen abgesehen – ganz auf die freundlichen Helfer an den Verpflegungsstellen verlassen, die uns Essen und Trinken reichen. Der Wanderer in mir hat auch sie als eine der Gnaden des Weges empfunden.

Der Essende fällt nicht weit hinter mich zurück, als ich mich -auch aus Angst vor einem weiteren Regelverstoß- vor ihn setze. Am Kalvarienberg macht der Mann am Mikrophon seine Nummer zu einem Namen und einem Herkunftsort. Jetzt weiß ich: Ein kulturbewußter Italiener aus Bergamo war es, der sein mobiles Mahl mit der Gabel aß.

Die Nummer 2603 hat der Sprecher wieder nicht aus dem ausgedünnten Feld herausgelesen, aber was soll's, Mut und Motivation hole ich mehr und mehr aus mir selber. Es geht nicht viel schwerer als beim ersten Mal, den steilen Hügel am Stadtrand von Greding zu erklimmen. Noch immer sitze ich ruhig im Sattel. Das ist ein Stil, der - wie mir unterbewußt klar ist – vielleicht manchen Zuschauer ein bißchen an die Fahrweise von Jan Ullrich erinnern soll. Von den kleinen Unterschieden – er ist viel eleganter und hält am Berg fast das doppelte Tempo – sehen wir wohlweißlich einmal ab (der ist kein Altenpfleger, ich müsste keine Komplexe haben vor ihm). Ich will mein Tun nur an der eigenen Kreativität und nicht mehr am Tun von Idolen ausrichten. Aber das kann kein Zuschauer erkennen. Es ist nicht möglich anzuhalten, um allen zu erzählen, daß ich das „im Sattel bleiben" während Gepäckradtouren durch die Alpen gelernt habe. Froh stimmt mich, daß auch hier noch eine Menge Zuschauer auf uns warten, und nicht hinüberpilgern zur allerheißesten Phase des Marathons der Gewinner. Mein weiblicher Fan aus Tschechien ist nicht mehr da, aber ganz unwillkürlich pickt mein Blick ein anderes Gesicht aus den Reihen am Straßenrand. Es ist ein Mann von untersetzter Figur, ich schätze weit in den Vierzigern. Seine Augen leuchten zwischen kurzen blonden Haaren und einem dichten Schnurbart. Er hat den Oberkörper schräg über die Straße gebeugt. „Hopp, hopp," ruft er. Mit der Lautstärke und der Körperspannung eines Rocksängers feuert er mich an. Nur das Mikrophon fehlt noch. Ein Gesicht macht er, als sei ich seine Lottokugel, die ihm alle Lebensorgen nimmt, wenn sie heute Abend im fernen Ziel einläuft. Mich durchzuckt die Versuchung, zurückzufahren, weil ich ihn fragen will, ob er tatsächlich mich gemeint hat. Es war ein Lebensziel, das jetzt und hier zutiefst erfüllt ist, einmal wenigstens die Seiten zu wechseln, vom Fan zum Aktiven zu werden. Aber heute spüre ich mehr noch als beim Marathon in Hamburg, welch einen Wert ein Dampfkesselpublikum am Rande der Straße wirklich hat. Ich, der Normalbegabte, habe für einen herrlichen Tag ein paar Fans, deren Begeisterung direkt ins Blut geht. Ich weiß, nicht jeder kann auf die Bühne, Zehntausende müssen im Stadium des Fanseins für immer stecken bleiben. Ihr Leben aber mag trotzdem reich sein. Sie verstehen sich zu begeistern, und ich geb's durch meine ehrlichen Mühen zurück. Eisiger Schreck würde mich jedoch packen, müßte ich ihr Idol sein, in das sie Ideale projezieren. Trotzdem, es ist ein kraftgebender Umstand, daß ausgerechnet ich hier aktiv sein darf.

„Und du kannst einiges dafür, daß du zurechtkommst, Nummer 2603, viel hast du geglaubt, viel hast du probiert, verschweige das nicht schamhaft vor dir selbst!"

Gute Gedanken sind's, die ein wenig den Kampf auf dem Hochplateau überdecken. Der böige Wind wird mehr und mehr zum Thema. Und der Schmerz schiebt sich weiter in den Vordergrund meiner Empfindungen. Es ist ein Schmerz in den Gliedern, der sich um Nuancen nur vom Fieberschmerz unterscheidet. Ich kenne ihn gut.

Ein anderer Athlet setzt sich an meine Seite. „Ah, ein Radsportler!" berlinert er. Er hält mich für einen puren Fahrradspezialisten, weil ich ein normales Rennrad ohne Triathlonhorn fahre. Radsportler wollte ich vor über 15 Jahren einmal sein – Wanderer bin ich geworden. Das ist keine schlechte Geschichte, aber natürlich reicht die Luft bei weitem nicht, sie ihm zu erzählen. Man darf auch nicht lange nebeneinander fahren, sonst gibt es wieder Ärger mit den Kampfrichtern. Ich nicke deshalb nur, als er behauptet, ich sei ein Radsportler.

Es gibt für mich keine Positionsverschiebung auf der zweiten langen Abfahrt nach Obermässig. Aber im Zeitraffer habe ich heute die Kunst der kühnen Talfahrt gelernt (wahrscheinlich beherrsche ich sie Morgen wieder nicht mehr). Ich habe ein Gefühl für sie und weiß ohne den Vergleich mit anderen, daß ich bergab gut war. Bald aber wird mir das Maß der Kameraden ungemein wichtig werden.

Der schreiende Wind, jener bestgehasste Feind des Radfahrers, bremst uns. Es ist als stünden wir, aber so lange sich die Beine ums Tretlager drehen, muß das Rad sich irgendwie bewegen. Mir ist aber, als käme ich in diesem Tempo gar nie mehr nach Roth. Mit jeder Bö des Windes heult auch der Schmerz in meinen Beinen auf. Er ist mancherzeit nur schwer noch zu ertragen und macht mich ziellos wütend. Man kann den Wind nicht mit der Faust schlagen, wie ich's gern tun würde. Zorn über den Wind bleibt immer blind. Die Krise ist da, es ist kein Intermezzo, wie jene Krise an gleicher Stelle auf Runde 1, es ist ein normaler Zustand, wenn nach 3,8 Kilometern Schwimmen und 150 Radkilometern Radfahren die Muskeln nach ihrem Feierabend schreien.

„Schau in die Gesichter der anderen, Nummer 2603! Siehe, wie sie leiden. Und sie sind nicht schneller als du. Keiner von ihnen aber wirft sein großes Ziel weg."

Die Gesichter der anderen sind verzerrt, und alle stehen fast im Wind. Darum ist es gut, nicht alleine zu sein im „Hier und Jetzt".

Dem Berliner, der meinte, ich sei ein Radsportler, bin ich immerhin noch ganz hübsch davongefahren. Vielleicht hat er bloß nicht gewagt zu kontern, weil er mich für einen Radspezialisten hält. Radfahren ist in Wahrheit meine mühsamste Disziplin, das braucht er ja nicht zu wissen. Ich selbst bin früher oft genug hereingefallen, habe mich lähmen lassen durch äußeren Anschein. Auf dem letzten Hügel vor Hilpoltstein, wo der Schmerz nahe daran ist, mich vollständig zu überwältigen, überhole ich noch einen anderen Sportler. Er muß folglich noch mehr leiden als ich. Und auch er bleibt nicht stehen auf dem Weg zum großen Ziel. Vielleicht ist es nun doch ein kleines psychisches Doping für mich, daß er ein „Banesto"- Trikot anhat, wie es dereinst Miguel Indurain trug, der mein vom Straßenrand der Tour de France bejubeltes Idol war.

Ganz ohne Zweifel ist es ein großer Vorteil für mein Denken und Fühlen, daß ich in der letzten Startgruppe auf die Reise ging. Daß ich beim Radfahren an Boden verliere, ist keine verzagte Idee, es ist eine nüchterne Feststellung. Sie ist belegbar durch die Ergebnislisten all meiner vorherigen Triathlons. Wenn ich heute Morgen als brauchbarer Schwimmer weiter vorn im Feld gelegen hätte, wäre ich auf dem Rad mehr und mehr nach hinten durchgereicht worden. Hätte es dann eine Lücke im Feld gegeben, in der ich festgesteckt wäre, vielleicht hätte mich nochmals, wie bei meinem ersten Volkslauf die (unrationale) Angst ergriffen, an letzter Stelle zu liegen. Das hätte mich vielleicht entscheidend Nerven und Kraft gekostet. Es ist gerade hier auf der großen Bühne des „Ironman Europe" mehr eine Ehre als eine Schande, Letzter zu sein. Ein ganz verfluchter Druck lastet auf jenem, der über Stunden vor dem Schlußwagen herumfährt, den man Lumpensammler nennt. Meine aufrichtigste Hochachtung gilt dem, der diesen Druck aushält. Ich selber will es aber nicht sein. Letzter – das war früher. Da von den 2700 Startern 2530 mit Zeitvorgabe auf mich unterwegs sind, und ich insgesamt wirklich so schlecht nicht bin, konnte ich mehr Radfahrer überholen als an mir vorbeizogen, obwohl ich im objektiven Gesamtergebnis Terrain verliere.

Am Solarer Berg sind wieder die vertrauten Gesichter meiner Eltern. Es würde fast ein wenig lächerlich wirken, wenn sie alleine hier noch auf ihren Sohn gewartet hätten. Aber auch meine Furcht war unbegründet, der Hügel hier könnte wieder ein nacktes Asphaltband tragen, wie ich es an einem x- bliebigen Sommerabend vorfand. Wohl ist die brodelnde Hexenküche kälter gestellt, aber hundert oder mehr Menschen winken und rufen auch hier noch für uns „Kleine". Es müssen einfühlsame Leute sein, die genau wissen, welchen Wert unser Tun hat, und wie gut uns ihre Zuwendung tut. Sie stehen just in dem Moment hier, da vielleicht gerade der Sieger des „Ironman Europe" auf dem Rother Festplatz einläuft. Droben am Berg treffe ich tatsächlich noch einmal die junge Frau aus Tschechien, die aus der 2603 einen „Marco" macht. Frischer Mut durchfließt mich. Ich habe ehrlichen Grund dazu. Stärker, als das zu erwarten war, nehme ich den Berg, der 10 Prozent Steigung auf einem Kilometer Länge hat (in der Euphorie der ersten Passage habe ich an die trockenen Zahlen nicht gedacht). Hätte man mich gefilmt auf beiden Anstiegen zum Berg von Solar, und die Filme parallel laufen lassen, bei der zweiten Runde hätten viele Zuschauer gefehlt und wahrscheinlich wäre mein Gesicht vom Schmerz gezeichnet gewesen, meine Bewegungen aber waren fast synchron. Ich fahre seit 17 Jahren Rad, ich spüre, daß ich noch nach 160 Kilometern so kräftig treten kann wie 86,5 Kilometer zuvor.

„Da müssen Reserven sein, die du kaum geahnt hast im Leben zuvor, Nummer 2603. Sei mutig, sei stark, du kannst sie herauskitzeln, aber schone sie bis zum Marathon."

Wieder folgt eine leichte Schleife durch wohltuend vertrautes Gebiet. Der letzte Hügel ist kaum der Rede wert. Vielleicht ist mancher Athlet hier schon zu leichtsinnig, um an den Bänken noch Essen und Trinken anzunehmen. Ich greife zu, hole mir eine Flasche (die achte wahrscheinlich), eine Banane und einen dieser scheußlich süßen Riegel. An keiner Verpflegung fuhr ich vorbei. Dabei ist Essen alles anderes als eine Lust auf solchen Wegen. Du spürst so gut wie keinen Hunger. Die Nahrungsaufnahme ist eine Notwendigkeit, von Erfahrung und Verstand diktiert. Ich habe das Essen abgearbeitet, wie ich im Dienst als Altenpfleger Insulinspritzen abarbeite. Als meine eigener „Arzt" hatte ich mir nach dem Schwimmen, bei Radkilometer 40, 70, 110, 140 und 170 einen halben Powerriegel angeordnet. Als „Patient" hielt ich mich sehr diszipliniert daran. Wehe, der Hunger hätte eine Chance bekommen, sich anzuschleichen. Sobald ich ihn gespürt hätte, wäre aus dem Traum unweigerlich ein flauer Albtraum vom bitteren Scheitern geworden.

„Heute hast du ganz sachgerecht daran gedacht und korrekt gehandelt, Träumer Nummer 2603. Das ist dein Tag – nutze ihn!"

Auf der letzten sanften Abfahrt nach Hilpoltstein ist, wie von Geisterhand gesteuert, wieder ein größerer Radlerpulk entstanden. Zwanzig und mehr Triathleten schwirren wie Bienen umeinander. Wahrscheinlich wollen alle, wie eigentlich auch ich, bevor es zum Laufen geht noch ein wenig verschnaufen. Warum nur fahre ich plötzlich so aggressiv und spiele jetzt schon ein paar der Reserven aus, die doch so wichtig sein werden für den Marathon? Immer wieder stelle ich mich in die Pedale zu einem eigentlich sinnlosen Positionskampf. So lange tue ich das, bis ich tatsächlich an der Spitze des Pulkes rolle. Ist der stille Träumer plötzlich eitel geworden?

Nein, er hat schlichtweg Angst. Ein „Anschiß" der Kampfrichter reicht ihm vollkommen. Schwer ist es, in einem Pulk zu fahren und einen Abstand von zehn Metern zum Vordermann zu halten. Greift der Andere nur kurz zur Trinkflasche, läuft man schon wieder auf. Überhole ich aber den Vorfahrenden, ist ab sofort er für den Abstand verantwortlich. Daraus ergeben sich Positionskämpfe, die fast jenen in klassischen Radrennen gleichen. Viel zuversichtlicher gehe ich sie an, als ich das früher getan hätte. Aber hoffentlich ist das Quantum an Kraft nicht entscheidend, das sie mich kosten.

In Hilpoltstein ist mein kleiner Nebentraum wahr, tatsächlich wahr. Eine E-Gitarre jault am Straßenrand, mir ist es, als gelte ihr freudiges Ständchen der Nummer 2603 ganz allein. Das vertraute Schild „Kilometer 170" gilt jetzt für mich, und meine Tritte, mit denen ich es passiere und der Kanalbrücke entgegenstrebe, haben noch Wucht. Die Brücke ist nun doch fast menschenleer, aber ich werde viele Freunde vom Rande der Bühne wiedertreffen beim Lauf drunten am Kanal. Zum dritten Mal passiere ich mein Zelt. Da ist keine Spur von Versuchung, das Rennen abzubrechen und unterzukriechen. Hier in meiner seit fast einer Woche liebgewordenen Wandererheimat bekenne ich mir tief und fest meinen großen Traum. Mag die Gegend hier ein wenig unspektakulär sein, unser Tun darin ist spektakulär. Mein Traum heißt nicht mehr Hawai – mein Traum heißt Roth!!! Was ist ein Weg von 225 Kilometern aus eigener Kraft noch Wert, wenn er an Tausenden von Flugkilometern hängt? Jeder entscheide dies aus seinem Gewissen. Meine Entscheidung heißt: Es kann kein größeres

Ziel geben, als eine Wegeskrone, die an einem Netz von Wanderungen aus eigener Kraft hängt. Sollte meine Krone mich heute Abend stolz machen, mein Handeln wird doch immer von Demut gegenüber der Schöpfung geprägt bleiben.

Ein leichtes Spiel ist die Kurve über die Schleuse, ein leichtes Spiel ist es auch die Beine bis Eckersmühlen kreisen zu lassen. Mein Weg geht geradeaus, dem nahen und alles entscheidenden Marathonlauf entgegen - auch das ist Wirklichkeit geworden. Ich kann und will sie fassen.

Ausgerechnet der drei Kilometer weite Übergang auf breiter Landstraße will und will kein Ende nehmen. Alles, was mich an Schmerz gekitzelt und zeitweise gequält hat, trifft mich jetzt noch einmal mit gebündelter Kraft. Verzweiflung und Lähmung überfällt mich, als ich es nicht mehr erwartet habe. Zu früh, hatte ich in meinem Kopf das Radfahren abgehakt. Mein Tagwerk aber muß ich gründlichst tun, kein Meter bleibt erspart. Mein Gott, Marathon, wohl kenne ich dieses Wort in all seiner schmerzhaften, faszinierenden Bedeutung. Was aber bedeutet Marathon, am Ende eines schweren Tages, wenn die Beine vor dem ersten Schritt schon vor Schmerzen quietschen? Ich kann es nicht wissen, aber der Wahrheit kann ich nicht mehr ausweichen. Noch immer drehen sich die Beine ums Tretlager. So böse mein Beinschmerz dabei ist, es ist auch jetzt kein unmenschlicher Schmerz. Folglich erreiche ich die Wechselzone in Roth. Meine Füße tasten den Boden. Helfer nehmen mir mein Rad aus der Hand. Sie schieben es beinahe ein bißchen zu schnell davon. Zu gerne hätte ich ihm noch die heilgebliebenen Reifen geküsst, weil ich es wieder liebe, wie Winnetou seinen Mustang liebte.

„Ein Laufschuh kann nicht kaputt gehen, Nummer 2603. Jetzt hast du es alleine in der Hand. Auf diesen Moment hast du fast ein halbes Leben lang gewartet. Nimm ihn also beim Schopf.

Ein Lauf in menschlichen Maßen
Aber jeder Schritt kann mein letzter sein

Sobald ich den grünen Beutel mit der Nummer 2603 ergreife, kann mich keine logistische Panne mehr scheitern lassen. Diese Gefahr war ohnehin nur äußerst am Rande vorhanden, denn die Veranstaltung in Roth ist als bestorganisierte der Welt bekannt. Wieder sitze ich in einem weißen Wechselzelt auf einer orangenen Bank. Der Übergang kann schneller gehen, denn es ist kein Wechsel der Elemente mehr. Kein chaotisches Gewusel ist hier, wie beim Schwimm-Radwechsel. Das Feld hat sich auf den 180 Radkilometern schließlich in Stundenabstände auseinandergezogen. Nur eine Hand voll Triathleten teilt sich die Bänke. Nummer 2603 sitzt ein wenig länger da, als es sein müßte. Radtrikot ausziehen, Radschuhe abstreifen, Socken auf Falten kontrollieren, Laufschuhe anziehen und sorgfältig binden, noch einmal einen Becher Isotrank zu mir nehmen, all diese kleinen Handgriffe sind winzige Galgenfristen vor dem Aufstehen. Ich fürchte mich unter dem Schmerz der letzten Radkilometer wieder sehr vor davor. Nüchterne Bilanz könnte ich ziehen: Schwimmen war gut, Radfahren sehr ordentlich, übermenschlich war nichts dabei. Meine stärkste Disziplin ist absolviert und meine schwächste ebenso. Meine läuferischen Fähigkeiten liegen in der Mitte, sind meist fast identisch mit meinem Gesamtergebnis auf Triathlons. Sieben Stunden und vierzig Minuten sind ungefähr seit meinem Start vergangen, wie ich an einem Kirchturm abgelesen habe. Das bedeutet, ich müßte die ersten zehn Kilometer noch traben können und hätte dann die Möglichkeit, meinen ersten „Ironman" innerhalb der vorgeschrieben 15 Stunden „nach Hause zu wandern". Im Gehen, im Wanderschritt kann mich außer einem Generalstreik des Kreislaufs eigentlich nichts aufhalten. Es muß möglich sein, die Schere zwischen Traum und Wahrheit so dicht zu schließen wie nie zuvor. Das Bekenntnis zum großen Traum ist fest wie Beton geworden. Doch ließe sich eine ferne Wahrheit ganz berechnen, hätte all unser Tun hier den Sinn verfehlt. Ich werde mich der Wirklichkeit stellen. Selbstverständlich stehe ich auf. Von viel zu weit komme ich her auf diese Bühne meiner Träume, um jetzt noch sitzenzubleiben.

Die erste Probe ist erstaunlich positiv, sofort kann ich mit flüssigem Schritt loslaufen. Die Schritte führen mich hinter das Stadion am Festplatz, den Fluchtpunkt meiner Träume. Durch den Zaun und zwischen den Tribünen hindurch sehe ich Cheerleader tanzen für jene, die alles schon hinter sich haben. Fast als gemein empfinde ich dies Schnuppern am fernen Ziel, denn der Weg auf die andere Seite des Zaunes ist für mich noch immer 42 ungewisse Kilometer weit.

Schon einmal bin ich locker in die Falle einer bösen Schwäche gelaufen. Es war letzten Sommer im heißen Kessel des Mitteldistanztriathlons im südbadischen Malterdingen. Auch da war ich gut geschwommen und ordentlich Rad gefahren, und 200 Laufmeter lang hatten sich meine Beine noch locker angefühlt. Da zerschnitt eine verflixt scharfe Schere den Faden, schlagartig hatte ich weiche Knie und eine zeitweise nicht unbedenkliche Sinneintrübung. Ein Schwächeanfall schüttelte mich, mir war kalt bei 33 Grad Hitze. Nur mit äußerster Willensanstrengung erreichte ich das Ziel, was vielleicht nicht besonders vernünftig war. Die Erinnerung tut weh bis heute. Das Andenken an Malterdingen hat mein Sinnen gepackt und mit tiefer Angst belastet. Vielleicht bin ich doch nicht gemacht für große Triathlons?

200 Meter, mein Laufrhythmus reißt nicht ab, 400 Meter, alles ist gut, 700 Meter, ich hänge mich an einen Kameraden, der mich überholt hat, 1000 Meter, jetzt laufe ich ihm davon, 2000 Meter – wo ist das Problem?

„Mein Gott, Nummer 2603, es war der Hunger in Malterdingen. Heute hast du genug gegessen und getrunken. Vergiß die Vergangenheit. Das Hier und Jetzt ist gut!"

Kann ich das glauben? Es ist als seien die schmerzenden Schenkel in den Radschuhen steckengeblieben und mit den Laufschuhen ganz frische Beine an mich gekommen. Wurde mir das Radfahren schwer am Ende, ich kann noch laufen! Die letzte Disziplin „läuft" im wahrsten Sinn des Wortes. Es braucht nichts anderes dabei, als diese meine Beine, die im Alltag durch schwäbische Wälder traben und durch die Gänge eines Pflegeheims tippeln.

Jetzt bin ich am Berg, einem ganz sanften aber ziemlich langgezogenen Aufstieg im Wald nahe der Autobahn. Hier bin ich letzte Woche mit dem Trekkingrad herumgestreift. Da hatte ich Furcht, denn ich glaubte der lange, abschließende Lauf müsse zum Martyrium werden, wo der Weg sich nach oben neigt. In Wirklichkeit kann er ein Spiel sein- kein leichtes, aber ein schönes Spiel. Heißt es tatsächlich „Ironman"? Habe ich mich vielleicht sogar vergriffen in meinem Respekt vor ihm? Ich bin davon ausgegangen, daß er ein wenig schwerer sein wird, als der 100 Kilometer Lauf von Biel, der mir vor zwei Jahren zur gefühlten Wahrheit und wurde. Damals kam der große Schmerz 17 Kilometer vor dem Ziel und der intensive Kampf mit mir selbst sieben Kilometer weiter. Wann und wo werden sie beim „Ironman" kommen?

Der einzig richtige Entschluß ist, nicht darüber nachzudenken. Meine Art, hier zu laufen, ist langsam aber locker (welch ein Wort in diesem Stadium des Weges). Das sensationelle Gefühl der Lockerheit genieße ich, so weit es halt geht, ganz ohne in rationalen Zahlen zu denken.

Oh Lauferei, du meine größte sportliche Liebe der letzten Jahre, wie herrlich ist es, gerade dich als letztes Stilmittel meines Weges zur Verfügung zu haben. Du bist Magie, die fast ohne Ausrüstung verzaubert. Nur ein paar Schuhe braucht es, mich heute in eine andere Welt zu entführen, was früher meine Karl May Bücher taten. Laufen ist als Abenteuer schlicht und großartig zugleich. Als kleiner, scheinbar hilfloser Punkt durch eine Landschaft zu eilen und im selbstbewußten Stakkato meiner Schritte jeden vom Auge zuvor erfaßten Punkt erreichen zu können, gehört zu den großen Faszinationen meines Lebens.

Freiheit wirst du niemals über den Wolken finden, sie ist in dir drin. Das merkst du als Läufer. Manchen Laufweg begann ich mutlos, ratlos oder mit schreiender Wut im Bauch, und kam mit stiller Sicherheit, Gelassenheit und neuen Ideen zurück. Laufen ist nicht wie der schwebend elegante Radsport eine fast geräuschlose Disziplin. Dem Prasseln der Schritte kann der einfühlende Zuschauer entnehmen, ob der Läufer frisch ist oder müde, ob er Zuversicht hat oder am Wege verzweifelt. Mein Laufschritt macht keinen schlechten Eindruck auf dieser Bühne, der ehemals so missglückte Reckturner vermag das hier und jetzt zu spüren. Es bleiben von den anderen Läufern mehr hinter mir zurück als mich überholen. Alle hier kochen nur mit Wasser – die Erkenntnis zieht sich als roter Faden durch den Tag.

An der Kanalanlände Roth springt der Träumer und Wanderer Nummer 2603 durch ein kahles Industriegebiet, wo er scheinbar ganz und gar nicht hineinpaßt. Nichts kann in dieser Sammlung von Beton und braunen Gruben am eingefaßten Wasser des Kanals ein Menschenherz erwärmen, außer der Möglichkeit, vielleicht dort seinen Unterhalt zu verdienen. An Sonntagen arbeitet wohl keiner hier. Totenstille wird 51 Mal im Jahr hier sein. Als Wanderer aber, der natürlich sein Idyll sucht, bin ich immer auch durch solche Zonen weitermarschiert. Noch weit depremierendere waren dabei, ich denke an die zerfallenen Industrieviertel ostdeutscher Städte. Weitergewandert bin ich da, weil meine Schritte die Welt so erkunden sollten, wie sie ist. Im Leben lohnt immer der einzelne Augenblick. Und wer in Bewegung bleibt, findet den nächsten lohnenden Augenblick unter Garantie. Auf meiner Wanderschaft bestand er fast immer in der Ausschau in ein herrliches Landschaftsbild. Heute aber haben andere Menschen den großen Augenblick zu mir ins Industriegebiet getragen. Noch immer zelebrieren sie an diesem dreifachen Kreuzungspunkt des Marathonlaufs die große Bühne, obwohl Lothar Leder lange schon als Sieger von ihr abgetreten ist. Erstaunlich, wie schnell der mobile Zuschauer Nummer 2603 das vom Wegrand aufschnappte. Andreas Niedrig ist Zweiter geworden und nach drei dritten Plätzen seinem Traum vom Sieg einen Schritt näher gekommen. Heute Abend will auch ich mit dem größten Sieg – jenem über mich selbst – in der Tasche von der Bühne gehen.

Meine Schritte sind noch immer erstaunlich flüssig auf dem öden Schotterweg am Kanal. Nicht bewußt ist mein Laufen, es „passiert" beinahe mit mir, wie auch meine besten Ideen „passieren". Die kühle Kunstlandschaft will im Moment nicht von Schritten erobert sein, sie kommt mir entgegen, fast wie ein passiv genossener Film. Solche Empfindung hat sich mir von meinem besten Volksläufen eingeprägt. Wie wohl mir diese Vertrautheit tut. Nichts an diesem „Ironman" scheint aus einer anderen Welt zu sein. So empfinde ich´s noch immer. Wenige Male nur durchzuckt mich der Gedanke an die große Unbekannte, die unweigerlich zum Abenteuer gehört und dafür sorgen könnte, daß der nächste Schritt schon mein letzter ist.

Ein Sprühregen, der erste Niederschlag seit den feuchten Morgenstunden, kühlt meine Begeisterung. Einigermaßen empfindlich trifft mich seine Kälte, denn ich habe mich zum Laufen mit dem hauchdünnen Einteiler begnügt, den ich schon beim Schwimmen auf der Haut trug. Kein Gramm zu viel wollte der ansonsten rucksackgewohnte Wanderer auf dem Weg seiner Träume tragen. War es ein Fehler, ein banaler aber am Ende entscheidender, auf ein zusätzliches T-Shirt zu verzichten? Solange ich noch in schneller Bewegung bleibe, ist das leichte Frösteln kein Problem. Wenn aber die große Schwäche kommt, könnte die Kälte zum entscheidenden Faktor werden, der mir den Rest gibt.

Doch der Regen hört bald wieder auf. Irgendwie werden alle meine Probleme kleiner und kleiner mit der Zeit. In den ersten Sonnenstrahlen eines zuvor recht grauen Tages bremse ich mein Grübeln. Es scheint mir wahrhaftig als Pflicht jeden Augenblick zu leben, so lange dieser Zustand des leichten Laufens anhält. Ich spüre dabei, ich bin ein Wunder der Schöpfung, nicht die Person Nummer 2603 - Marco Heinz- ist da gemeint, sondern der menschliche Körper im Allgemeinen. Schon im Anatomieunterricht in der Altenpflegeschule habe ich ihn als Wunderwerk Gottes betrachtet, dem kein künstliches Schaffen jemals auch nur annähernd gleichen wird. Was damals mein Denken mir sagte, das spüre ich hier ganz stark. Ein Körper, der sich nach langen Stunden zu solch einem Lauf noch hergibt, der ist ein Wunder - nichts anderes. Wohl gemerkt: Fast jeder, der es will, könnte tun, was ich hier tue. Man denke nur an meine Vier im Schulsport. Oh Mensch, begreife die wunderbaren Möglichkeiten deiner selbst. Viel stiller und zufriedener wirst du leben dadurch. Und auf deine Umgebung wirst du jene Zufriedenheit ausstrahlen – in diesem Wort wohnt Frieden. Im Gleichklang meiner Schritte versuche ich mich im Frieden zu versenken.

Meine freien Läufergedanken beginnen zu schweifen, sie fliegen an einen scheinbar fernen Ort, der aber durch das Netz meiner Wege mit dem Ort Roth verbunden ist. Ich sehe vor dem einmaligen Bild von Alt-Tübingen ein gelbes Türmlein am seichten, grünumrankten Neckar. Da hat der Dichter gewohnt, dessen Satz mir heute bewußt wird. 36 Jahre darbte Friedrich Hölderlin im Wahnsinn. Er war geisteskrank geworden, als die bittere Wahrheit des Todes die Erfüllung seiner heimlichen Liebe für immer unmöglich gemacht hatte. Den Armen verstehe ich gut, man kann verrückt werden an Unerfülltheiten vieler Art, nicht nur der Dichter – auch der Altenpfleger singt ein Lied davon. Das Lied des alten Hölderlin ist bei weitem schwerer zu verstehen als sein Leben. Im Gegensatz zu den Werken meiner Lieblingsdichter Heine und Hesse blieb mir sein meist reimloses, lautmalerisches und verschlungenes Werk verschlüsselt. Ein Satz Hölderlins aber, der ist mir ausgerechnet hier beim Triathlon in Roth klar geworden: „Alles prüfe der Mensch, sagen die Himmlischen, daß er, kräftig genährt, danken für alles lern, und verstehe die Freiheit, aufzubrechen, wohin er will." Jawohl, alter Dichterfreund, ich hab´s geprüft, dort bin ich nun, wo ich immer schon hin wollte, und ich bin stark, kann mich in freiem Lauf bewegen. In eine Art von Wahn verfalle ich dabei nicht. Sehr genau weiß ich, daß ich am kalten Kanal laufe und nicht am heimischen Neckar. Träumer und Realist in mir sind gute Freunde. Fest umfaßt haben meine realen Gedanken eine klare Zahl – die 20. Bis Kilometer 20 soll diese unerhörte Leichtigkeit der Schritte noch gehen. Dann liege ich ganz souverän in der Zeit. Von da mag kommen, was kommen will. Ich werde schon damit fertig. Heimlich aber wächst ein neuer Traum in mir. Es könnte doch vielleicht so leicht gehen bis... . Ich mag nicht weiter denken, wieviele Träume starben schon im Übermut. Es ist besser, sich wieder in den Augenblick, in den Gleichklang der Schritte zu versenken. Sie leben nach einer sportlichen Belastung, die länger schon dauert als ein Arbeitstag, nicht mehr von Schnelligkeit – kein Teufel könnte das verlangen – aber von einer schier unheimlichen Stetigkeit. Meine Schritte federn noch ein wenig, so paradox das scheinen mag nach dem großen Radfahrschmerz. Der gefürchtete Wechsel der Disziplinen ist mir nicht zur Falle geworden, sondern zur Möglichkeit, mich vom Schmerz zu befreien. Mir scheint, das ist ein unglaubliches Geschenk des Schicksals.

„Jetzt sei aber ehrlich zu dir, Nummer 2603! Das ist kein Geschenk. Denk an die vielen Tage, an denen du gerade für diesen Wechsel gearbeitet hast. Denke alleine an Zingst und Darß. Das hier ist dein Verdienst – ganz einfach. Fahre die Ernte ein, du hast sie selbst gesät!"

Jawohl, es ist tatsächlich mein Verdienst, daß es noch so rund läuft mehr als zehn Kilometer nach dem Wechsel. Ehrlicher ist er erarbeitet, als so manches, was das Prädikat „Verdienst" trägt in unserer Gesellschaft. Eine große Liste langer Sporttage könnte ich mir vorsagen, die ich in mein vom Beruf sehr beanspruchtes Leben eingebaut habe. Die Erinnerung an Zingst und Darß aber ist die meine stärkste in diesem Jahr, weil ich diese Halbinseln geliebt habe, in all ihrer wilden ursprünglichen Schönheit. Müßte ich eine „Hitparade" aller Landschaften zusammenstellen, die ich bislang durchstreifen durfte, lange hätte ich zu denken, vielleicht aber wären Zingst und Darß die Nummer eins. Dort droben an der Ostsee fand ich die Symbiose zwischen Landschaftserlebnis und zweckvollem Training. Acht Tage konzentrierte Arbeit – stets im Wechsel zwischen Fahrradtouren und Strandläufen, das zahlt sich heute aus - heute am Tag der Wahrheit. Viel anderes sah mein Auge im Halbjahr der Vorbereitung auf Roth. All die herrlichen Bilder aber werden nur leuchten in meinen Sinnen, wenn der Zweck dessen erfüllt ist, was ich tat an der Ostsee, in Thüringen, im Schwarzwald und an vielen anderen Orten. Dieser Zweck ist deutlich benannt - Zielankunft beim „Ironman". Sollte jetzt noch etwas schief gehen, läge für immer ein Schatten auf den Bildern wertvoller Freitage. Immer unwahrscheinlicher wird das Scheitern, aber die große Unbekannte kann mich noch immer schnappen - bei jedem einzelnen Schritt.

Soll ich mich verstecken in der Illusion, soll ich träumen, ich liefe an der Ostsee? Ich durfte vom Kanal abbiegen in den Wald, wo tatsächlich manche Kiefer steht, wie sie auch in den Urwäldern von Darß zu finden sein könnte. Soll ich mir weißmachen, ich röche die salzige und kalte Meeresluft, die meine Bronchien so weit und frei machte? Vielleicht ist alles schon zum guten Ende gekommen, wenn ich erwache aus diesem Läufertraum.

„Tue es nicht, Nummer 2603! In deinen Schritten liegt die Wahrheit. Du kannst sie nicht verdrängen. Es ist eine gute Wahrheit, und sie wird gut bleiben, wenn du nur daran glaubst."

Klar überlegt muß ich handeln, mehr noch als zuvor zählt das profane Detail der Nahrungsaufnahme. Nummer 2603 muß essen und trinken, trinken und essen. Ungefähr alle zwei Kilometer treffen wir nun die fleißigen Helfer an den langen Tischen. Ihre Hände sind fast so gefordert wie unsere Beine. Sie öffnen Keckstüten und Gurkengläser, schneiden Obst oder Brot, und füllen in ungezählte Becher Cola, Tee, Isotrank oder Wasser. Jeder der 2500, die vielleicht noch im Rennen sind, findet alles, was sein Herz begehrt. Ich muß das Angebot annehmen, wobei ich immer weniger Lust zu essen verspüre. Wie schnell kann mich der Leichtsinn verführen, eine Verpflegung auszulassen. Bis zur nächsten Labestelle könnte ich dann in die Falle der flauen Schwäche tappen. Das ist eine bekannte Gefahr, und doch ist sie so schwer zu umgehen, als sei sie mir noch niemals begegnet. Aus Angst greife ich hin und wieder noch nach einem pappsüßen Riegel, obwohl der Magen wehtut, und mein Ekel vor dem Zeug schon erheblich ist. Durch den Genuß von salzigen Crackern und Essiggurken versuche ich ihn zu dämpfen. Kein anderes Getränk als Cola vertrage ich mehr. Eine Grundvoraussetzung des werdenden „Ironman" kann ich jetzt klar definieren. Sie ist frei von jeder Poesie: Du mußt einen Magen haben wie eine Wildsau. Solch plump körperliche Dinge weisen den Weg zum Ziel meiner Träume. Kein Zuschauer kann sie sehen, in meinen gedanklichen Vorspielen kamen sie bestimmt nicht vor. Der Magen ist oft die Schwachstelle feinfühliger Menschen. Träumer Nummer 2603 aber ist widerstandsfähiger geworden, seit dem Morgen, als sein Magen noch klein und fest war wie ein Kieselstein. Allerdings täte mein Magen im Alltag so weh, wie er es hier und jetzt tut, ich würde die Schmerzen als nahezu diabolisch bezeichnen. In der emotionalen Aufwühlung dieses so lang erträumten Tages hat mein Schmerzempfinden einen frischen Filter bekommen für den Schmerz, im Magen, in den Beinen, die Anstrengung von Herz und Lunge. Vielleicht kann sich der Einbruch ganz unbemerkt anschleichen, vielleicht ist er nahe und meine über lange Stunden und fast 200 Kilometer aufgebaute Zuversicht ist nichts als Illusion.

„Ein erster Einbruch muß nicht das Ende sein. Vergiß die alte Lehre nicht, Nummer 2603."

Mit der Elle meiner Erfahrung aus über 20 Jahren Sport gemessen ist mein Körpergefühl an dieser Stelle über Erwarten gut. Einen Pulsmesser trage ich nicht, der mich womöglich eines Besseren belehren könnte. Noch heute im Computerzeitalter halte ich das Körpergefühl für den besseren Parameter. So mancher mit Elektroden um die Brust und Digitalanzeige am Handgelenk hat sich vorhin im Rausch von Solar zu viel verschwenderischem Bergradeln verführen lassen als ich.

Wieder lösche ich meine Gedanken und gebe mich dem Klang der Schritte hin, der mir heute als schönste Musik erscheinen will. Ich trabe durch brave Wohnbezirke am Ortsrand von Eckersmühlen, auf einer Brücke über den Kanal und durch ein Wald- und Wiesengebiet, in dem sich allerliebste kleine Tümpel verlieren. Teil einer unüberschaubaren Läuferschlange bin ich, weit voraus sehe ich die bunten Trikots leuchten. Andere kommen mir entgegen, denn mein Weg führt zu einem Wendepunkt. Lange nicht mehr alle Schritte prasseln hoffnungsfroh auf den Asphalt. Verzweiflung und Entäuschung sind aus manchem Tritt zu lesen. Manch einer ist stehengeblieben, andere trotten im gebrochenen Rhythmus, hinter dem kein Wille mehr ist. Wie viele wohl haben den schweren Schritt an den Rand der Strecke tun müssen? Viele hat es erwischt – nicht mich. Früher hätte ich sie genau beobachtet, hätte schwer darüber gegrübelt und das Elend solidarisch auf mich bezogen. Hier und jetzt schaue ich gar nicht mehr richtig hin. Nummer 2603 muß sich langsam daran gewöhnen, zu den Siegern zu zählen. Auch ich habe manche Bitternis erfahren müssen auf meinen Wegen, gerade diese Erfahrung aber ist vielleicht mein stärkster Antrieb gewesen, der mich so weit getragen hat.

Es wird mich nicht mehr erwischen, nein – es darf einfach nicht mehr passieren heute. So ungerecht, daß ich jetzt noch schlapp mache, kann das Schicksal doch nicht sein. Auch dieser lange „Berg" soll mich nicht deprimieren. Wohl verdient er die Bezeichnung „Berg" nicht so recht, aber kaugummilange Kilometer weit hört das Sträßlein nicht auf, ganz leicht an Höhe zu gewinnen. Der Marathon von Roth ist nicht völlig flach, wie zu lesen war. Es will mich wundern, daß hier die bis heute gültigen Weltrekorde im „Ironman" für Herren und Damen aufgestellt wurden. Auch wenn die in für mich unerreichbaren Welten erkämpft wurden, auch ich „Kleiner" vermag nach mehr als 200 Gesamtkilometern diese Steigung im zuversichtlichen Trab zu nehmen. In eine neue herrliche Dimension durfte ich laufen.

Die frohen Zeichen mehren sich weiter. Da ist ein holpriger, sandiger Weg im Wald. Sollte ich da über Wurzeln stolpern, hätte ich ein klares Zeichen beginnender Schwäche erhalten. Nummer 2603 kann die Füße heben, hoch und sicher über jedes Hindernis kann ich sie heben. Eine Ostseefähre könnte ich beladen mit all dem neu angesammelten Optimismus. Aber auch große Schiffe sind schon sehr plötzlich im Meer versunken.

Da drüben über dem Kanal ist die Anlände Roth. Zwischen den Bäumen springt das Bild der großen Bühne in Abrissen zu uns herüber. Die Lautsprecherstimme schnarrt über das Wasser. Nahe scheint das alles zu sein, sehr nahe sogar. Bei der nächsten Passage dort drüben ist auch das große Ziel nicht mehr weit. Aber der Weg zur Anlände ist verschlungen und wird genau so lang noch einmal sein, wie es der Weg von der Anlände hierher an den Wendepunkt war. Welche Wirklichkeit wartet hinter der nächsten Biegung? Immerhin kann ich den Weg in bekannte Bilder unterteilen, darf mir Stück für Stück kleine Ziele setzen – vom Waldweg zurück aufs Asphaltsträßchen, heraus aus dem Wald, an den Tümpeln vorbei, über die Kanalbrücke, durch Eckersmühlen, durch den Kiefernwald, über den Schotterweg am Europakanal hinauf zur Anlände Roth. Wenn ich ehrlich bin: In dieser Phase pfeife ich sehr auf die Tatsache, daß ein bekannter Weg weniger Abenteuerlichkeit hat.

Hin und wieder sehe ich auch hier Blau und Gelb mitten auf der Strecke oder am Rande der Bühne. Das sind die Meinen – Triathleten oder Zuschauer von Nonplusultra Esslingen. Manche davon kenne ich nicht einmal, denn es ist ein großer Verein, und ein Altenpfleger hat nicht so viel Zeit, am gemeinsamen Training oder an anderen Veranstaltungen teilzunehmen. Manch einer der Blaugelben aber macht aus der Nummer 2603 einen „Marco". Und alle winken und lachen, weil auch ich blaugelb trage und Blaugelbe hier und jetzt zusammengehören. So war´s mein ganzes Leben lang als Alleinwanderer. Stets hat der Wanderer gewußt, wo er hingehört, wer ihm zugehörig ist. Das hat ihn stark gemacht, stark genug für den „Ironman", wo er zu den Blauen und Gelben gehört.

Die von mir gesuchte friedsame Dimension des Weges ist lange erreicht. Niemals würde ich gegen die Kameraden hier die Ellenbogen ausfahren, wie ich es heute Morgen beim Schwimmen tat. Wer so weit gekommen ist, trägt einen Rucksack voll Beinschmerzen und einen Rucksack voll inneren Friedens. Ich bin wirklich da, wo ich immer sein wollte, bin da, wo es keine Schande ist,

Letzter zu sein. Davon aber kann gar nicht mehr die Rede sein. Der Letzte hat wohl vor kurzer Zeit erst sein Rad abgegeben.

Einer aus der Schlange nähert sich mir von hinten, ein blonder junger Mann, der so schmächtig ist, dass ich ihm den Laufspezialisten über viele Meter ansehe. Fast tänzerisch scheint mir sein Schritt noch zu sein. Für ein paar übermütige Augenblicke bin ich verführt, an seiner Seite zu laufen. Wir kommen ins Gespräch, der weite Weg hat uns Luft gelassen dazu. Fast übertrieben freundlich reden wir miteinander. An der nächsten Verpflegung – mein Gott, was sind wir höflich – will jeder dem anderen den Vortritt und die besten Bissen lassen. Im Rennen werde ich ihm bald den Vortritt lassen müssen. Eigentlich war es von Anfang an Leichtsinn, seinem tänzerischen Schritt zu folgen, wobei ich Reserven für den Kampf um das Ziel meiner Träume vertue.

Tatsächlich kommen wir auseinander. Aber er entschwindet nicht vor mir – sondern fällt hinter mich zurück. Heißt Startnummer 2603 wirklich „Marco"? Ich kenne mich bald selbst nicht mehr. Fast hab ich es vergessen, daß flüssiger Laufschritt bis Kilometer 20 ein Ziel von mir gewesen war. Ganz selbstverständlich bin ich an diesem Schild vorbeigetrabt. Mein Laufrhythmus klingt stetig, keine Spur vom Zwang zur Gehpause stört den Rhythmus, abgesehen von den Verpflegungsstellen, wo es nur der Profi schafft, sich rennend zu ernähren. Immer wieder finde ich danach zu meinem Laufrhythmus zurück. Da ist keine Spur von Verzweiflung, die Angst ist verdrängt, und der Schmerz in den Beinen war an manch kaltem Winterwandertag schon schlimmer. Dabei waren diese Drei, Verzweiflung, Angst und Schmerz, meine Hauptgegner am Ende der hundert Kilometer von Biel. Auch in Roth habe ich sie in der entscheidenden Phase als beherrschendes Thema erwartet. Kann es so stetig, so rund, so erträglich weiterlaufen bis Marathonkilometer 42.195, bis ins ultimative Ziel?

Dies ist eine Illusion. Der „Ironman" wird mir sein ehrliches Gesicht schon noch zeigen. Ich muß mich im Gedanken schon dem wahren Schweren stellen, das noch vor mir liegt. Vielleicht ist mein flüssiger Lauf das Hoch vor dem völligen Einbruch. Vielen Menschen geht es vor Krisen noch einmal besonders gut. Selbst wenn du im Sterben liegst, kannst du noch ein Zwischenhoch haben. Das hat ein Altenpfleger oft beobachtet.

„Denke nicht mehr ganz in Rosarot oder ganz in Schwarz, Nummer 2603! Wahrheiten liegen immer in der Mitte. Krisen können kommen, aber es wird keine dabeisein, die du nicht überwinden kannst."

Keine Spur von Krise, wunderbares Fortkommen bis zurück zur Anlände – Laufkilometer 26,5 ist glücklich erreicht. Sie rufen und klatschen noch immer am Rand der großen Bühne. Jetzt empfinde ich auch das Lachen der Fremden als sehr freundschaftlich. Lange ist alles Geschichte, was vom „Ironman Europe" 2001 ab Morgen in den Zeitungen stehen wird. Ich bewundere die Geduld und den Sachverstand der Leute hier, die sich wahrhaft ihre Beine in den Bauch gestanden haben, bis auch wir „Kleinen" so weit gekommen sind. Sie verleihen mir einen Vorrat an psychischer Kraft, den ich sehr brauchen werde auf dem einsamsten Teil der Reise. Noch einmal erwartet uns ein Schotterweg am Kanal, dessen Kunstlandschaft hier am Eintönigsten ist. Eine gute Fügung hat gewollt, daß mich ein blaugelbes Trikot ein Stück dort hinaus begleitet. Markus heißt der Kamerad von Nonplusultra. Auch er ist mit fast tänzerischen Schritten von hinten an mich heran gekommen. Wieder bleibe ich an der Seite eines Schnelleren, wieder haben wir Luft für eine kleine Plauderei. Wir sprechen über das Glück oder Pech der anderen Kumpels. Einer in Blau und Gelb hatte Reifenschaden am Kalvarienberg. Er stand abgewandt zur Straße, wodurch ich nicht sehen konnte, wer es war. Ein anderer hat Probleme mit dem Magen. Noch anderen scheint es ganz gut zu gehen, vielen sind wir den ganzen Tag nicht begegnet. Was kriegt man schon mit vom Geschehen des „Ironman" als Athlet, der auch mobiler Zuschauer ist? Nicht viel – alle sehen nur Fragmente, Teilnehmer und Zuschauer. Jeder nimmt andere Details wahr und setzt sie zu einem individuellen Bild zusammen. Das ist die Romantik unserer Sache, die auch das Fernsehen nie ganz erfassen kann.

Markus wird am Horizont verschwinden, diesmal nicht hinter mir, sondern vor mir. Er ist zu schnell, einen halben Schritt zu flott für mich. Wohl mir, daß ich das rechtzeitig erkenne. Würde ich mich jetzt noch zum Rhythmus eines Stärkeren zwingen, könnte das wahrhaftig entscheidende Reserven kosten. Also lasse ich ihn laufen. Ich muß alleine auf den depremierensten Teil des Weges. Wir hätten uns eh niemals gegenseitig helfen können. Im Alleinsein liegt Wahrheit. Die folgende Krise muß ich mit mir selbst abmachen.

Jetzt, jetzt, jetzt! Die ersten Symptome der Schwäche sind da. Beinahe bin ich froh darüber. Schließlich heißt unser Tun „Ironman". Die Welt schiene mir abnormal, könnte der locker und flockig von den Beinen gehen. Noch immer ist es nichts Unbekanntes, was ich fühle. Es ist mir vertraut aus Biel und von überlangen Wandertagen. Stets erwacht die Schwäche zuerst in den Kniekehlen, um gnadenlos nach oben und unten zu wandern. Sie verbrüdert sich in den Schenkeln mit dem Schmerz, der lange schon da nistet. Fest verbohren sich diese Feinde in meine Beine. Es ist, als hielten glühende Stahlklammern meine Muskeln umfaßt. Schritt für Schritt drohen sie die Beine zu fesseln und zu lähmen. Ich weiß nicht, wie ich den nächsten Meter noch packen soll. In Biel, bin ich über 15 Kilometer mit solchem Schwebezustand am Rande der Aufgabe fertiggeworden. Wie habe ich das nur gemacht? Der Teufel mag es wissen, mir fällt es im „Hier und Jetzt" nicht ein. Biel, das war fast ein Martyrium, Roth muß das pure Martyrium sein. Dieses Wissen konnten mir auch 210 gelungene Sportkilometer nicht nehmen. Mattigkeit, Schmerz, Angst und Verzweiflung sind meine Realität.

Allein die Optik dieses Abschnitts läßt mich verzweifeln. Eine Wasserbahn durchläuft eine endlose Gefangenschaft in Beton, wie von der Schnur gezogen, der Gedanke, daß Wasser um eine Kurve fließen könnte, scheint aus der Welt gegraben. Rechts und links ist Wald, aber du meinst, er atmet nicht. Ganz am Horizont ragt eine Schleuse in den Himmel, ein Ungetüm aus grauem Beton, das große Schiffe schlucken und wieder von sich spucken kann. Wäre der Wanderer hier allein, und es wäre dunstig, er bekäme Angst vor dem Schatten dieser Schleuse. Aber jetzt und hier ist die Sonne gekommen. Der Weg flimmert im Licht. Ein Wüstenweg muß es sein, der immer fort geradeaus geht. Wir ahnen nicht, wie weit wir hier laufen sollen. Kämen nicht andere Triathleten vom nächsten Wendepunkt zurück, wir würden tatsächlich meinen, der Weg hier ginge in die Unendlichkeit.

„Male deine schwarzen Gedanken nicht zu breit, Nummer 2603. Was ist das für ein lächerlicher Weg, der jetzt noch vor dir liegt. 14 Kilometer sind eine Seniorenwanderung des Schwäbischen Albvereins. Außerdem hast du deinen Trumpf von Biel im Ärmel. Den kannst du doch nicht wirklich vergessen haben."

Rüstige Senioren sind noch gehfähig. Wie lange noch werde ich das sein? Die Beinlähmung droht. Wann werde ich für die Euphorie der vergangenen Stunden den bitteren Preis bezahlen? So viele Kollapse hat es gegeben auf den Schlußkilometern eines „Ironman". Die Bilder davon waren eingeschlossen in den Berichten, die einst meinen Traum nährten. Allzulange konnte ich die Angst verdrängen. Jetzt ist sie nah, spürbare Wahrheit ist sie geworden. Jeder Schritt ist ein Schritt zu meinen innersten Ängsten, jeder Schritt ist aber auch ein gelungener Kampf gegen sie. Nichts ist verloren, solange ein Fuß vor den anderen kommt. Stillstand ist der Todfeind meines nahen Traumes. Bewegung ist das Mittel dagegen, ich muß mich bewegen und sei es nur mit Katzentritten. Der Trumpf von Biel ist mir in den Sinn gekommen. Wahrlich, den konnte ich nicht auf längere Zeit vergessen. Jedesmal, wenn ich auf dieser Marathonstrecke einen im Schritt gehen sah, schlug mein Herz hoch, weil ich wußte, diesen Trumpf habe nur ich – der Wanderer - in der Hand. Ein Triathlet dürfte sich beschämt und erniedrigt fühlen, wenn er zum Gehen gezwungen wird. Der Wanderer weiß, welch edle Tätigkeit das schlichte Gehen ist. Als Wanderer kam Nummer 2603 immer irgendwie ins Ziel. Bei den hundert Kilometern von Biel konnte ich noch unter gemeinsten Schmerzen acht Kilometer pro Stunde erwandern. Dies hieße, auf mein „Hier und Jetzt" am Europakanal übertragen, in knapp zwei Stunden könnte ich das Ziel meiner Träume geschafft haben. Um 22 Uhr 30 wird das Ziel geschlossen. Da wird es dunkel sein. Jetzt steht die Sonne noch aufrecht am Horizont. Sie macht mir Mut. Eine Spanne Zeit, die kurz ist im Vergleich zum zurückgelegten Weg des Tages und des langen Weges zu diesem Weg, muß auch ich noch aufrecht bleiben. Gedanklich habe ich den Trumpf von Biel gezogen. Körperlich aber habe ich die Wanderschaft noch nicht angetreten. Die Stetigkeit meiner schmerzlichen Schritte ist beim Wandern erlernt, aber ich mache noch kleine Sprünge. Es ist erkennbar Laufschritt – kein Gehschritt. Dem Körpergefühl nach müßte ich längst gehen. Es wohnt eine neue Eitelkeit in mir, die mich noch immer kleine Sprünge machen läßt.

„Halte sie noch ein wenig Aufrecht deine Eitelkeit, Nummer 2603. Wie banal hast du die Krise bei Radkilometer 60 lösen können. Warum sollen die Lösungen am Ende des Weges plötzlich aus anderen Welten stammen?"

Soll ich wirklich noch einen Powerriegel nehmen von den orangenen Tischen der Verpflegung? Eigentlich kann ich die Dinger überhaupt nicht mehr sehen. Schlimmer als heute Morgen am Frühstück muss ich an diesem Teil herumwürgen. Die neue Eitelkeit zwingt mich, es trotzdem zu tun. Der Magen brüllt beinahe vor Schmerz dabei. Es ist, als bestünden seine Wände aus altem Blech. Doch nach diesem Verpflegungsgehen fassen die Beine wieder springenden Tritt. Der Riegel bleibt unten. Nach und nach lösen sich die Schmerzklammern aus den Beinmuskeln. „Ein Wunder!" Ich bin nahezu sprachlos. Nur das Wort „Wunder" kommt mir noch in den Sinn. Dabei ist die Erklärung ganz plump. Auch jetzt haben meine Probleme ausschließlich am sinkenden Blutzuckerspiegel gelegen. Der Riegel hat sie weggeblasen. Früher hätte ein so banal zu erklärendes Wunder den Träumer in mir ernüchtert und enttäuscht. Im Hier und Jetzt des „Ironman" bin ich glücklich damit. Er ist ein langer aber erträglicher Weg. Nichts ist's mit „von anderer Welt", nichts ist's mit dem Übermenschen. Ich kann diesen Fall einordnen in den Reigen der Wege, die ich schon bewältigte. Auch der härteste Weg hat Gnaden: Wir dürfen wenden, bevor wir die Schleuse erreicht haben. Bald kann ich die verbleibenden Kilometer einstellig nach rückwärts zählen: Noch acht, noch sieben, noch sechs. „Sage mir eines, Nummer 2603: Wovor hast du eigentlich Angst gehabt in den letzten Minuten und Stunden, heute Morgen beim Frühstück, gestern beim Packen, in den letzten Wochen und im ganzen sportlichen Leben zuvor?" Angst wirst du als Sieger im Nachhinein kaum mehr erklären können. Aber könnte ein Triumphgefühl so intensiv sein, ohne die Angst zuvor? „Mach's gut, Nummer 2603. Ade, Marco. Du mußt dir keine Fee mehr vorphantasieren, die sagt, was du zu tun hast, die paar Kilometer wirst du ganz alleine schaffen. In Wirklichkeit hast du alles alleine gemacht. Wieviel Dinge gibt es noch auf Erden, die einer ganz aus sich selber holen kann? Von heute Abend an, wenn du glücklich bist, will ich dennoch wieder in deinen Sinnen sein, hörst du?"
Es ist gewonnen, Träumer und Realist in mir spüren es untrüglich, als ich letztmals die Bühne an der Rother Anlände betrete. Ganz wunderbar leicht scheinen die Beine. Vier Kilometer noch – was ist das schon gegen den langen Weg hinter mir, der in Wirklichkeit ein jahrelanger ist. Es will scheinen, als müsse ich den Sieg über mich selbst nicht erringen, der noch notwendig war, die hundert Kilometer von Biel zu bewältigen. Doch das ist nicht wahr. Längst konnte Nummer 2603 sich selbst besiegen. Ich tat es, als ich ins Fußballtraining ging, obwohl der Regen fiel und kaum ein anderer kam, als ich abgehängt die Radrennen zu Ende fuhr, als ich durch Schuttberge von Zweifeln meinen Traum im Auge behielt. Es gelang der Sieg über mich, als mir der Altenheimstreß über dem Kopf zusammenschlug, als ich am Ziel festhielt in der Krankheit fünf Wochen vor dem Start, ganz zuletzt glückte er heute Morgen, als ich mein Frühstück nicht erbrach. Der große Sieg wurzelt im Weg zum Weg, deshalb erhielt jener solch einen großen Raum in meiner Betrachtung zum „Ironman" von Roth. Jetzt weiß ich, die hundert Kilometer von Biel waren tatsächlich eine

Nummer schwerer als der lange Triathlon. Ist dieser deshalb vielleicht gar nicht die Krone meiner Wege, von denen schon so mancher ähnlich schwer zu gehen war? Doch, er ist es, aber all meine anderen Wege sind an Wert gewachsen seitdem ich sie mit dem „Ironman" vergleichen kann.

Auch fremde Zweifel sind besiegt, die ich mir unterbewußt zu eigen gemacht hatte. Es gibt Leute, die sagen, es ginge nicht ohne Pulsmesser, es funktioniere nicht mit Training an der winterlichen Ostsee statt auf den warmen Balearen, es würde bei Anreise im Zug nicht glücken. Die Träumerseele war heimlich geneigt, denen zu glauben. Ha! Jetzt habe ich es ihnen gezeigt. In fast alle Berichte über „Ironman"- Triathlons sind Bilder eingestreut, die blanken Horror zeigen. Ich erlebe keinen Horror. Gewonnen habe ich. Es ist ein Sieg in friedsamer Dimension, denn kein Verlierer bleibt im Staub zurück.

Die Vorsicht in mir aber wird nie sterben. Sie flüstert mir zu, meinen neuen Reichtum, mein frisches Glück so vorsichtig ins Ziel der Träume zu transportieren, wie ein Kellner sein überladenes Tablett aus der Küche trägt. Der gewachsene Stolz des „Ironman" aber wartet wie Pulver im Faß darauf, aus der 2603 auf explosive Art einen ganz neuen Kerl zu machen. Nicht mehr viele Schritte sind es, bis eine junge Dame die Lunte in mir in Brand setzt.

Dies aber hat in keineswegs mit Erotik zu tun. Dafür ist neben der durchaus real vorhandenen Schinderei hier kein Platz. Nicht einmal die Tschechin, die meinen Namen weiß, habe ich seit Solar noch einmal gesehen. Es ist die Freundin meines Nebenmannes, die einige Schritte neben uns hertrabt. Im Moment werde ich ihr Gesicht wieder vergessen, ihre Worte vergesse ich niemals mehr.

„Jungs, es sind noch gute drei Kilometer. Das schafft ihr leicht. Vorhin war ich im Ziel. Es ist wunderschön dort. Sie feiern jeden wie einen Helden. Wenn ihr die Ohren spitzt, hört ihr schon den Lautsprecher, so nah ist es." Tatsächlich höre ich durch den Wald schon die Mikrophonstimme vom Rother Festplatz. Zwei Mal im Leben nur habe ich bislang diesen Ort betreten. Und doch ist es mir, als sei das vertrauter Heimatklang. Ganz beiläufig fügt die Frau hinzu: „Es ist jetzt Viertel nach sieben." Sogleich sehen mich Freund und Freundin nur noch von hinten.

Psychodoping – jetzt weiß ich, es gibt befreiende, stofflose Stimmulanz. Der Träumer, der sich scheute, mit einer Uhr am Handgelenk auf die Reise zu gehen (wobei es richtig war, aufs Körpergefühl zu hören) hat nun eine nackte Zahlenwahrheit im Sinn. Sie ist besser, als meine kühnste Kalkulation es hätte sein können. Wenn ich die letzten drei Kilometer in jeweils fünf Minuten absolviere, habe ich auf Anhieb die 12- Stunden- Marke geknackt. Tief innen hatte ich spekuliert, ich könnte 13 Stunden brauchen, wenn alles gut läuft. Hier, wo ich das Martyrium erwartete, kämpfe ich um eine nüchterne Zahl, die besser ist, als geträumt. Zwar lief ich die besten meiner klassischen Marathons unter einem Kilometerschnitt von fünf Minuten, aber zum Finale hin hielt ich dieses Tempo nie durch. Wie soll mir das nur im Finale eines „Ironman" gelingen? „Unmöglich," denke ich und mache mich sofort auf, es möglich zu machen. Niemals zuvor durfte ich solch eine seelische Befreiung erleben. Der Magen, dieses eben noch drückende und schmerzende alte Blech ist still und brav. In meinen Adern scheint plötzlich anstatt des Bleies der Müdigkeit Massageöl zu fließen. Mein Hier und Jetzt ist pure Lust. Die Einserturner von einst sitzen derweil rauchend vor der Glotze. Die Reckstange meiner Turnlehrer – oh Mann, wie lange schon liegt die beim alten Eisen.

An der letzten Verpflegung nehme ich zwei Becher Cola und leere sie in mich hinein – im Laufen, Gehen mag ich auch zum Trinken nicht mehr. Wütend ist meine Handbewegung, mit der ich die leeren Becher von mir schleudere. Es ist eine glückliche, machtvolle Wut. Nie im Leben war ich mit Ketten gefesselt, doch erfahre ich hier im Finale des „Ironman", wie es sein muß, Ketten zu sprengen. Ich bin frei von Ängsten und Verletzungen, die in diesem Büchlein beschrieben oder verschwiegen wurden, für herrliche Momente frei von Lasten, die jeder Mensch sonst zu tragen hat. So vieles, was mir Last war, liegt zertrampelt auf den Wegen um Roth.

Der letzte Hügel ins Gewerbegebiet von Roth und die lange, gerade Straße in den Stadtkern – hier stand ich vor zwei Jahren am Rande der Bühne und laß so viel Hoffen und Leiden aus den Augen der Aktiven. In meiner Träumerseele wuchs seit jenem Tag der kurze Anstieg zum Mount Everest und die Gerade zur Wüste Gobi. Keine rechte Vorstellung hatte ich, wie ich sie würde überstehen können. Im „Hier und Jetzt" fege ich darüber hinweg mit heller, positiver Wut. Ich fauche nach innen und bin aufrecht, ganz aufrecht. Nichts erscheint mir noch als Problem. Wahrscheinlich ist das gerade die schlimmste Schinderei meines Lebens – aber ich spüre es nicht. Laufkilometer 41, noch 1195 Meter zum Ziel meiner Träume. Am roten Kirchturm von Roth lese ich: Fünf Minuten sind es noch zum Ablauf der 12 Stunden. Eine rationale Unmöglichkeit ist das – ich müßte noch einmal das Tempo gehen, das mir im Finale meiner besten 10 Kilometer Volksläufe gelang. Der Träumer aber behält die nüchterne Zahl trotzdem im Auge. Ich probiere es halt einfach. Vorerst ist immer die nächste Ecke mein Ziel, und viele Ecken hat so ein Städtchen. „Toller Spurt," denke ich an jeder Ecke, „aber jetzt laß ich´s gut sein. Ich darf es nicht zum Wahnsinn treiben." Nach zehn gemäßigten Schritten bin ich wieder unterwegs zum nächsten Spurt. Absperrgitter, letztes Spalier von Zuschauern – die da draußen sehen kein schönes äußeres Bild. Da ist nur ein keuchender junger Mann im blaugelben Trikot, der die Zunge zur Kinnspitze herausgestreckt hat. Mein inneres Bild aber ist wundervoll. Alle meine sportlichen Bemühungen, all die Erlebnisse auf meinem Netz von Wegen haben sich gebündelt, ihren Sinn gefunden auf diesen letzten Metern in Roth. Morgen werden meine Wege, mein Sinnen, mein Bemühen wieder zerspringen, verschiedenen Zielen zu, die vielleicht allesamt ein wenig kleiner sind als dieses hier. Aber jetzt ist jetzt, purer Augenblick, und der Augenblick ist Glück. Ich bin ich, vollkommen eins mit mir. Ich habe keine Angst und brauche keine Hoffnung.

Ein schwarzer Durchlass mit der Sponsorenschrift „Quelle" spuckt mich ins Stadion – Ziel meiner Träume, hier bin ich! Wie genußvoll wollte ich hier einziehen, die Leute grüßen, mich feiern lassen, das Bild wahrnehmen und im

Herzen verwurzeln, um es später poesievoll schildern zu können. Jetzt empfinde ich nur ein Wattebild aus Lärm und Farben. Zu wild kämpfe ich noch um mein kaltes Zahlenziel. Die Leute sehen nur meine trampelnden Schritte auf dem hufeisenförmigen Weg vorbei an den Tribünen und im Ziel ein kurzes Aufjubeln. Mein innerstes Glück sehen sie nicht. Und doch sind sie alle meine Freunde. Ich bin dankbar für jeden, der hier war.

Hinter den Tribünen, wo die Duschen, gutes Essen und Massage warten, ist die Welt schon wieder sehr banal. Ich brauche wieder Hoffnungen zum Leben. Als erste Hoffnung wächst jene, den Tag niederschreiben zu können. Festhalten will ich, wie es auf dem Weg meiner Träume war.

Nur wenig bleibt zu sagen im Anschluß an meine Gedanken über den „Ironman" Roth, es ist zu hoffen die Schilderung des Weges hat für sich gesprochen.

Ich mag noch erzählen, daß es mir ganz von selbst die Arme hochgerissen hat auf der Ziellinie. Seither brauche ich nur die Arme zu heben, um mich wohl zu fühlen. In den Oberarmen ist als pawlowscher Reflex der Zieleinlauf von Roth gespeichert.

Der „Ironman" war tatsächlich eine für mein sportliches Potential faßbare Dimension. Keine Infusion brauchte ich danach, um mich aufzupäppeln. Ein paar Wurstbrötchen taten es auch. Alle, die mich hinter dem Ziel sahen, sagten, ich hätte erstaunlich frisch ausgesehen.

Der verzagte Träumer von einst hat beschlossen wiederzukommen. Nächstes Jahr ist der Weg noch der gleiche, aber den Markennamen „Ironman" haben sie ihm entzogen. Der „Ironman Europe" wurde nach Frankfurt vergeben. So sehr sich der Name auch mit meinem Traum und fernen Ziel verbindet, ich mag mich nicht vom Ettikett blenden lassen. Das phantastische Publikum in Franken, die Herzlichkeit und der unglaubliche ehrenamtliche Einsatz der Menschen um Roth beeindrucken mich viel mehr. Es wird dort einen Triathlon geben, der anders heißt, aber über die gleiche Strecke führt. Es wird recht und gut sein, diesen Traum noch einmal zu träumen. Ich will wieder nach Roth.

Fragst du noch, wie er ausgegangen ist, mein Kampf um die nackte Zahl, mein Ringen um eine scheinbare Unmöglichkeit? Nun, ich habe „verloren". Nach 12 Stunden 00 Minuten und 04 Sekunden lief ich ins Ziel. Ob ich mich nach all dem, was an Traum wahr wurde, darüber nun grämen soll, mag jeder für sich selbst entscheiden. Meine Meinung steht fest.

Eineinhalb Wochen hatte ich noch Urlaub nach dem dreidimensionalen Weg von Roth. Ich verbrachte sie herrlich faul am Strand von Rügen. Nun magst du's glauben oder nicht, in den ersten drei Zeltnächten hatte ich jeweils einen fast identischen Traum. Er überkam mich jeweils in der letzten Traumphase des Morgens. Ich sah mich in einem Zelt nahe Hilpoltstein. Zum Start des „Ironman" wollte ich gehen, aber entweder verlief ich mich, oder mein Fahrrad fiel plötzlich auseinander. Da zog sich mein Magen sehr zusammen. Aber ich mußte nur die Augen öffnen, um ihn zu entkrampfen. Ich erkannte mein Zelt, zog den Eingang auf und sah an den Kiefern über mir, wo ich war. Da fiel mir ein, daß Roth hinter mir lag und dort alles gut geworden war. Für unvergessliche Momente wurde es mir leicht, ganz leicht. Der Übergang vom Traum zur Wahrheit war ein erlösender. Ein in Wirklichkeit umgesetztes Wunschbild ist kein schmerzlicher Verlust. Im Gegenteil- es ist eine Befreiung. Ich weiß es, seit ich zum „Ironman" geworden bin.